# JEDI-PADAWAN
## DIE SUCHE NACH DER WAHRHEIT

Band 9

Jude Watson

Die Deutsche Bibliothek – CIP-Einheitsaufnahme

Ein Titeldatensatz für diese Publikation ist bei der Deutschen Bibliothek erhältlich.

*Dieses Buch wurde auf chlorfreiem,
umweltfreundlich hergestelltem
Papier gedruckt.*

*In neuer Rechtschreibung.*

Deutsche Ausgabe 2000 by Dino entertainment AG,
Rotebühlstraße 87, 70178 Stuttgart
Alle Rechte vorbehalten
© 2000 Lucasfilm Ltd. & TM. All rights reserved. Used under authorization.
Titel der amerikanischen Originalausgabe: "*Star Wars* Jedi Apprentice – The Fight for Truth"
No similarity between any of the names, characters, persons and/or institutions in this publication and those of any pre-existing person or institution is intended and any similarity which may exist is purely coincidental. No portion of this publication may be reproduced, by any means, without the express written permission of the copyright holder(s).
Übersetzung: Dominik Kuhn
Redaktion: Claudia Weber
Lektorat: Inken Bohn
Umschlaggestaltung: tab werbung GmbH, Stuttgart,
basierend auf dem US-Cover von Madalina Stefan und Cliff Nielsen
Satz: Greiner & Reichel, Köln
Druck: GGP Media, Pößneck
ISBN: 3-89748-209-6

**Dino entertainment AG im Internet: www.dinoAG.de**
**Bücher – Magazine – Comics**

## Kapitel 1

Es war stockfinster. Nicht einmal der kleinste Lichtschimmer fiel durch die rundum geschlossene Kapuze. Alle Geräusche drangen nur gedämpft hindurch. Obi-Wan Kenobi balancierte auf den Füßen, hielt sein Lichtschwert in Abwehrstellung und konzentrierte sich. Ohne sehen oder Geräusche wahrnehmen zu können, musste er sich vollkommen auf die Macht verlassen.

Er bewegte sich leicht nach links, wirbelte herum und schlug mit dem Lichtschwert zu. Es durchschnitt nur die Luft. Und doch wusste er, dass er nahe dran gewesen war.

Zu seiner Rechten hörte er ein summendes Geräusch und dann das Klappern von Metall, das auf den Boden fiel.

„Ein Punkt für Siri", sagte Qui-Gon Jinn, der Meister von Obi-Wan, ruhig.

Obi-Wan fühlte einen Schweißtropfen seinen Nacken herablaufen. Die Luft in der Kapuze war von seinem Atem aufgeheizt. Er umschloss den Griff seines Lichtschwerts fester. Seine Gegnerin bei dieser Jedi-Trainingsaufgabe war

Siri, auch eine Jedi-Schülerin. Sie hatte bereits zwei Sucher-Droiden zerstört. Er hingegen noch keinen einzigen.

„Denk an den Sinn der Aufgabe, Obi-Wan."

Er hörte Qui-Gons beruhigenden Kommentar. Obwohl Qui-Gon das Gesicht seines Padawans nicht sehen konnte, wusste er, dass Obi-Wan nicht mehr konzentriert war. Der Zweck der Aufgabe war, Zusammenarbeit zu üben, das wusste Obi-Wan. Es war egal, wie viele Sucher-Droiden er zerstörte oder wie viele Siri erledigte. Es wurde beurteilt, wie sie zusammengearbeitet hatten. Sie mussten die Absichten des anderen anhand von Bewegungen, mit Hilfe ihres Instinkts und der Macht abschätzen. Sie mussten sich einander öffnen, mussten einander Einblicke in ihre Absichten gewähren.

Aber wie konnte er mit jemand anderem Verbindung aufnehmen, wenn dieser andere nur für sich selbst kämpfte?

Siri konzentrierte sich auf den Feind und ignorierte Obi-Wan. Als talentierte, gewandte Kämpferin war sie eher auf sich selbst bedacht. Jedes Elementarteilchen ihres Seins war auf Sieg eingestellt. Das machte sie zu einer der besten Kämpferinnen mit dem Lichtschwert im Tempel. Obwohl sie erst elf war – zwei Jahre jünger als Obi-Wan – kämpfte sie in seiner Altersstufe.

Er hörte ihre leisen Schritte hinter sich, hörte einen Fuß scharren, als sie sich anschlich. Noch ein Summen und wieder das Klappern von Metall.

„Gute Fußarbeit, Siri", rief Adi Gallia.

Obi-Wan biss die Zähne zusammen. Adi hatte Siri erst

vor kurzem als ihren Padawan angenommen. Sie hatte sie ausgewählt, weil das Mädchen sehr viel versprechend war. Jetzt zeigte Siri was sie konnte, indem sie einen erfahreneren Padawan vorführte – Obi-Wan.

Frustration und Irritation wühlten ihn auf und verhinderten, dass er sich auf die Macht konzentrieren konnte. Obi-Wan horchte angestrengt auf die leisen Turbulenzen, die der Sucher-Droide in der Luft erzeugte. Er hörte das Geräusch, wirbelte nach links und stieß mit Siri zusammen.

„In eure Ecken", stieß Adi hervor. „Fangt noch einmal von vorn an."

Obi-Wan ging zurück in seine Ecke. Er wischte sich die Handflächen an der Tunika ab. Seine Hände waren schweißnass und sein Lichtschwert glitt ihm beinahe aus der Hand. Wenn er es während des Kampfes mit Siri verlieren würde, wäre das mehr als peinlich.

Er wünschte, er hätte Qui-Gons Geduld. Er hatte noch so viel zu lernen. Doch so sehr er sich auch bemühte, er konnte Siris Hingabe in diesem Kampf nichts entgegensetzen. Es war *ihr* Kampf, *ihre* Herausforderung. Für ihn war kein Platz.

Sie gingen wieder auf einander zu. Obi-Wan bewegte sich langsam voran, griff nach der Macht, damit sie ihm sagen konnte, wo die Sucher-Droiden flogen. Wieder hörte er ein *Däng!*, als einer der Droiden zu Boden fiel.

„Vertraue deinem Partner genauso wie der Macht", rief Adi. „Aggression und Konkurrenzverhalten haben bei dieser Aufgabe keinen Platz."

Obi-Wan spürte, wie Siri ihm ein wenig näher kam. Und doch fühlte er keine Verbindung mit ihr. Als noch ein Sucher-Droide zu Boden fiel, verdrängte Obi-Wans Irritation seine Umsicht. Er holte aus, ohne auf Siri Rücksicht zu nehmen.

*Zisch! Däng!* Ein Sucher-Droide fiel zu Boden, als Obi-Wan auf ein Knie ging und das Lichtschwert horizontal durchzog. Er rollte sich nach links ab und schlug nach oben zu. *Däng!* Wieder fiel ein Droide zu Boden. Weshalb sollte er auf Siris Kooperation warten, wenn sie alle Droiden doch allein zerstörte? Er würde wie ein Dummkopf aussehen.

Obi-Wan drehte sich, sprang vor und griff wieder an. Er hörte Siris Atmen und das Flüstern ihrer Fußarbeit, als sie dasselbe tat. Innerhalb weniger Minuten hatten sie alle Sucher-Droiden im Raum zerstört.

Obi-Wan spürte einen Anflug von Zufriedenheit, als er seine Kapuze abzog. Sie hatten ihre Gegner in Rekordzeit besiegt. Siri warf ihre Kapuze nach hinten und schob sich die goldenen Haare hinter die Ohren. Ihre stechend blauen Augen glitzerten voller Zufriedenheit. Sie verneigten sich voreinander, dann wandten sie sich ihren Meistern zu.

„Ihr beide seid durch den Test gefallen", sagte Qui-Gon streng.

Adi stand mit wehendem Gewand auf. Ihre große Statur und ihr einnehmendes Wesen machten sie zu einer Respekt einflößenden Gestalt.

Sie zog Siri zur Seite und redete leise mit ihr. Qui-Gon warf Obi-Wan ein Handtuch zu, damit er sich den Schweiß von der Stirn wischen konnte.

„Ich weiß", sagte Qui-Gon, „dass du kämpfen kannst. Das hast du mir in vielen Situationen bewiesen. Aber das war nicht der Zweck dieses Testes, Padawan."

„Ich weiß", gab Obi-Wan zu, „aber sie ..."

Qui-Gon ließ ihn nicht ausreden. „Siri hat ihre eigenen Stärken und Schwächen. Das solltest du herausfinden. Du sollst dich mit den Stärken vereinen und die Schwächen decken. Zusammen seid ihr beide stärker."

„Siri war auch nicht besser als ich", sagte Obi-Wan. Er wusste, dass er gereizt klang, konnte sich aber nicht beherrschen. Siri war es gewesen, die die Regeln des Testes geändert hatte, nicht er.

„Siri ist nicht mein Padawan", sagte Qui-Gon ungerührt. „Wir sprechen über dich. Denk daran, Obi-Wan: Die Angst, als Narr dazustehen, sollte niemals ein Grund sein, etwas zu tun. Oder etwas nicht zu tun. Es ist eine Angst, die aus Schwäche entsteht."

Obi-Wan nickte. Er wusste, dass es keine gute Idee war, darüber mit Qui-Gon zu diskutieren. Sie würden sowieso bald aufbrechen. Er musste die Aufgabe mit Siri nicht noch einmal wiederholen. Yoda hatte sie informiert, dass er sie auf eine Mission schicken würde.

Genau in diesem Moment kam Yoda herein. Er steckte die Hände in seine Robe und wartete, bis sie ihn ansahen.

„Eine Anfrage erhalten wir haben", sagte er. „Eltern haben die Jedi kontaktiert. Dass ihr Kind sensitiv für die Macht ist, sie denken. Kegan der Planet ist. Seid vertraut Ihr mit dieser Welt?"

Er stellte die Frage an Qui-Gon und Adi. Beide Jedi-Ritter schüttelten den Kopf. Obi-Wan war überrascht, denn die beiden waren doch schon viel gereist.

„Weit entfernt Kegan ist", sagte Yoda. „Ein Einplaneten-System, das eine Sonne umkreist. Es ist ein Planet des Äußeren Randes, der abgeschnitten ist von der Galaxis. Keine Handelsabkommen haben sie. Zu anderen Welten reisen sie nicht. Außenweltler sind willkommen nicht. Niemand ist gelandet auf ihrem Planeten seit dreißig Jahren."

„Das ist sehr ungewöhnlich", bemerkte Qui-Gon.

Yoda blinzelte. Er war schon sehr alt und hatte viel erlebt. Es gab kaum etwas, was ihn überraschen konnte.

„Ein gutes Zeichen diese Anfrage könnte sein", erklärte er. „Wir denken, dass Kegan mit diesem Schritt Beziehungen zu den Welten des Galaktischen Kerns möchte aufnehmen. Begrüßen der Galaktische Senat tut dies. Beziehungen zwischen Welten den Frieden sichern. Deshalb zwei Teile Eure Mission hat. Beziehungen mit Kegan aufnehmen wir müssen. Das Potenzial des Kindes ebenfalls abschätzen wir müssen. Ein Planet, der abschirmt sich selbst mit Misstrauen und Angst erfüllt sein kann. Diplomatisch Ihr vorgehen müsst. Keine Verwirrung zulassen Ihr dürft."

Yoda sah Adi und Qui-Gon an. Obi-Wan war verwirrt. Wollte Yoda etwa die beiden Jedi anstelle eines Meister-Padawan-Teams schicken?

„Zwei Teams wir haben beschlossen zu schicken", sagte Yoda.

„Ihr meint wir alle zusammen?", stieß Obi-Wan etwas genervt hervor.

Yoda ignorierte Obi-Wans Ton. „Zusammenarbeiten ihr müsst, um diese Mission erfolgreich durchzuführen."

*Mit Siri kooperieren?*, wollte Obi-Wan rufen. *Um das zu schaffen, braucht man mehr als die Macht.*

## Kapitel 2

*Warum zwei Teams?*, fragte sich Obi-Wan, als Adi den Raumjäger auf die Oberfläche von Kegan steuerte. Die Mission, ein Kind zu suchen, das sensitiv für die Macht ist, war Routine.

Bedeutete das, dass ihn der Rat immer noch im Visier hatte?

Nachdem Obi-Wan die Jedi für kurze Zeit verlassen hatte, war ihm nach seiner Rückkehr auf eigenen Wunsch eine Probezeit gewährt worden. Er hatte diese Zeit genutzt, um seine Studien des Weges der Jedi zu vertiefen. Die Probezeit war jetzt vorbei und er war wieder ein offizieller Jedi-Schüler. Hielt der Rat sein Vertrauen dennoch zurück?

Die vergangenen Monate, in denen er seine Bindung zu seinem Meister wieder aufgebaut hatte, waren für Obi-Wan und Qui-Gon erfreulich gewesen. Sie hatten viel Zeit im Tempel verbracht und hatten die Galaxis zusammen durchstreift, andere Welten und deren Gewohnheiten beobachtet und geholfen, wo sie konnten. Ihre Bindung war stärker geworden.

War dem Rat das nicht bewusst? Weshalb wurden sie zusammen mit Adi und Siri losgeschickt?

„Landung in drei Minuten." Adis Ansage unterbrach seine Gedanken.

Obi-Wan warf Siri einen verstohlenen Blick zu. Ihr Gesichtsausdruck verriet nichts, als sie sich die Landschaft dort unten ansah. Sie schien vollkommen ruhig zu sein, obwohl vielleicht auch sie eine gewisse Nervosität verbarg. Obi-Wan erinnerte sich, wie aufgeregt er vor seiner ersten Mission gewesen war. Es war eine neue Erfahrung gewesen, den Tempel zu verlassen und in die manchmal raue und gewalttätige Galaxis geworfen zu werden. Obi-Wan lehnte sich zu Siri hinüber.

„Es kann verwirrend sein", sagte er, „wenn man das erste Mal auf einem Planeten landet. Meistens gibt es so viel zu sehen, dass es schwer ist, sich zu konzentrieren. Aber in den ersten paar Minuten kann man eine Menge lernen."

Sie drehte sich nicht zu ihm um, sondern sah weiter der nahenden Landeplattform entgegen. „Ich verliere niemals meine Konzentration, Obi-Wan. Und ich vergesse auch meine Pflichten nicht."

Die Worte waren wie eine Ohrfeige. Obi-Wan lehnte sich wieder zurück und errötete. Siri war furchtbar böse mit ihm gewesen, als er den Weg der Jedi verlassen hatte. Sie hatte ihm vorgeworfen, die Verpflichtung aller Padawane infrage gestellt zu haben. Sie war der Ansicht, dass sie sich den Jedi stärker verpflichtet fühlte als Obi-Wan es tat.

Aber das war nicht fair. Gut, er hatte einen falschen

Schritt getan. Doch sein Meister und der Rat der Jedi hatten ihm vergeben. Weshalb konnte sie das nicht tun?

Das Fahrzeug senkte sich langsam auf die Landeplattform. Obi-Wan sah eine Gruppe von Leuten, die auf sie wartete. Sowohl die Männer als auch die Frauen trugen Tuniken, die denen der Jedi sehr ähnlich waren.

Adi fuhr die Rampe aus und sie stiegen aus. Ein Mann und eine Frau traten sofort vor, um sie zu begrüßen.

„Willkommen, Jedi-Besucher", sagte die Frau in freundlichem Ton. Sie war mittleren Alters, hatte ein rundes Gesicht und graue, lockige Haare, die ihre roten Wangen einrahmten. „Wir sind Führer der Gastfreundschaft und abgesandt, um Euch unsere Welt vorzustellen und sicherzugehen, dass Ihr Euch wohlfühlt. Ich bin O-Rina und das ist V-Haad."

Ihr Begleiter lächelte und verneigte sich kurz. Er war groß, hatte eine kahle Stirn und warme, dunkle Augen.

Die Jedi verneigten sich ebenfalls und Qui-Gon stellte sie vor. „Wir wurden von zwei Eurer Bürger gerufen."

Ein jüngeres Paar trat vor. „Ich bin V-Nen und das ist meine Frau O-Melie", sagte der Mann. „Wir sind die Eltern von O-Lana."

Die Augen der Frau musterten die Jedi und sahen dann zu Boden. Sie schien nervös zu sein, genauso wie ihr Mann. Sie machten sich zweifelsohne Sorgen über die bevorstehende Untersuchung ihres Kindes.

„Das Kind ist in seinem Wohnbereich", sagte V-Haad. „Wir werden Euch dort hinbringen. Bitte folgt uns."

Die Jedi folgten den Führern der Gastfreundschaft und den Eltern zu einem recht anschlagen aussehenden Landgleiter. Obi-Wan hatte noch nie ein solch altes Modell in Gebrauch gesehen. Er fragte sich, ob es überhaupt starten würde.

Doch die Repulsorlift-Maschine sprang an – wenn auch mit einem Besorgnis erregenden Klappern. Als sie schließlich über das holprige Gelände rasten, sah sich Obi-Wan neugierig um. Sie schwebten über eine unbefestigte Straße, die an einer niedrigen Mauer entlangführte. Hinter der Mauer befanden sich verschiedene Kuppelbauten. Die Landgleiter, die davor parkten, sahen genau so altertümlich und verbeult aus wie der, in dem sie unterwegs waren.

„Es gibt nur eine Stadt auf Kegan und wir alle sind ihre Bewahrer", rief O-Rina über den Lärm des Triebwerks hinweg. „Der Rest des Planeten wird für den Nahrungsmittelanbau und die Viehzucht genutzt. Es gibt riesige, leere Landflächen. Im Augenblick fahren wir am Tech-Ring vorbei. Die Stadt Kegan ist in verschiedene, so genannte Ringe aufgeteilt, einer für jeden Arbeitsbereich. Der Tech-Ring ist mit dem Kommunikations-Ring verbunden, der wiederum mit dem Lern-Ring, der wiederum mit den Garten-Ring und so weiter. Sie alle umschließen den Konferenz-Ring, in dem wir unsere Volksversammlungen abhalten. Jetzt kommen wir auf den Wohn-Ring zu."

Ein Schatten zog über ihnen vorbei und Obi-Wan sah nach oben. Ein Lufthüpfer flog dort oben umher – ein älteres Modell, das er nicht kannte.

„Vielleicht wundert Ihr Euch, dass unsere Transportmittel alle noch funktionieren", sagte V-Haad freundlich. „Hier auf Kegan werfen wir nichts weg, wir benutzen es immer wieder. Unser Tech-Ring ist darauf spezialisiert, alte Geräte in Gang zu halten. Wir brauchen die neuesten Modelle nicht."

„Habt Ihr hier eine Währung?", fragte Adi Gallia interessiert.

V-Haad schüttelte den Kopf. „Wir leben in einer Tauschwirtschaft. Alles gehört der Bevölkerung. Das nennen wir Gemeinwohl. Wir verzichten dabei vielleicht auf großen Reichtum, dafür haben wir aber keinerlei Kriminalität. Ich möchte lieber in Frieden und Sicherheit leben, als mit Sorgen, die auf meinen Schultern lasten."

„Das scheint eine gute Philosophie zu sein", stimmte Qui-Gon zu. „Habt Ihr ein Regierungssystem?"

„Wir haben unsere wohlwollenden Führer, V-Tan und O-Vieve", sagte O-Rina. „Sie waren die Ersten, die die neue Lebensart hier auf Kegan einführten. Sie haben eine Berater-Gruppe, doch sie führen uns eher, als dass sie herrschen. Alles wird für das Gemeinwohl unternommen."

Obi-Wan musste sich eingestehen, dass das System – oberflächlich betrachtet – zu funktionieren schien. Vielleicht kam Kegan ohne den von anderen Welten bekannten Wettbewerb aus, weil es ein winziger Planet mit nur wenig Bewohnern war. Als sie so über Kegan fuhren, sahen die Leute von ihrer Arbeit auf, winkten und lächelten. Sie alle schienen geschäftig und glücklich zu sein.

Dennoch bemerkte er etwas Eigentümliches. „Ich sehe keine Kinder", sagte er zu den Führern der Gastfreundschaft.

„Wir halten Kinder für etwas Besonderes", gab O-Rina zurück. „Bildung ist uns sehr wichtig. Die Kinder werden schon in jungen Jahren zur Schule geschickt, um zu lernen und Erfahrungen zu sammeln. Ah, hier ist der Wohn-Ring."

V-Haad lenkte das Gefährt durch einen Durchgang in der Mauer und zu einem eingezäunten Bereich, in dem noch ein paar andere verbeulte Landgleiter parkten. Sie gingen auf einen der vielen Kuppelbauten zu, die spiralförmig um das Zentrum herum angeordnet waren. Jedes Gebäude war mit dem benachbarten verbunden.

V-Nen öffnete die Tür, ging hinein und winkte die anderen herein. Das kleine Zimmer war spärlich, aber gemütlich mit niedrigen Bänken und Stapeln von Kissen eingerichtet.

Qui-Gon wandte sich an V-Haad und O-Rina. „Danke, dass Ihr uns hierher gebracht habt. Wir würden das Kind gern allein mit den Eltern untersuchen."

„Oh, natürlich, wir verstehen Eure Vorgehensweisen", sagte V-Haad.

„Aber wir können diesen Prozeduren hier nicht folgen", fügte O-Rina hinzu. „So Leid es uns tut. O-Melie und V-Nen haben uns gebeten dazubleiben. Sie sind in Gegenwart von Außenweltlern nervös."

Qui-Gon sah die Eltern freundlich an. „Es gibt keinen Grund, nervös zu sein. Wir werden Euch einfach sagen, ob Euer Kind sensitiv für die Macht ist. Wenn das der Fall ist, werden wir Euch erklären, was das bedeutet und was man tun kann, wenn Ihr es wollt."

V-Nen und O-Melie tauschten Blicke aus. O-Melie schluckte. „Wir möchten, dass die Führer der Gastfreundschaft bleiben."

V-Haad und O-Rina lächelten. „Seht Ihr? Ihr dürft uns nicht als Außenstehende betrachten", versicherte ihnen O-Rina schnell. „Alle auf Kegan sind Teil einer Familie. Oder nicht, O-Melie?"

„Ja", sagte O-Melie.

Plötzlich sah es so aus, als wäre das Lächeln auf den Gesichtern von O-Rina und V-Haad festgefroren, so als würde etwas in ihnen nicht zu der äußerlichen Freundlichkeit passen. Eine leise Warnung durchfuhr Obi-Wan. Er hatte gelernt, diesem Gefühl zu vertrauen.

Etwas stimmte hier nicht. Die Dinge waren nicht so, wie sie erschienen. V-Haad und O-Rina schienen sie willkommen geheißen zu haben – doch Obi-Wan hatte das Gefühl, als wären sie über die Anwesenheit der Jedi nicht sonderlich glücklich. Nicht im Geringsten.

## Kapitel 3

Qui-Gon hatte V-Haad und O-Rina vom erstem Moment an nicht vertraut. Trotz ihres breiten Lächelns schienen sie sich unbehaglich zu fühlen, was nicht davon herrühren konnte, dass sie Fremde nicht gewohnt waren. Und weshalb waren sie Führer der Gastfreundschaft, wenn doch auf dem Planeten keine Gäste gestattet waren?

Er nickte dennoch freundlich zurück. „Natürlich könnt Ihr bleiben, wenn V-Nen und O-Melie es wünschen", sagte er.

„Für jede Regel gibt es eine Ausnahme", meinte Adi Gallia höflich. Natürlich wusste auch sie, dass es besser war, die Situation nicht durch Beharrlichkeit zu komplizieren.

„Ich hole O-Lana", sagte O-Melie kurz. „Eine Nachbarin passt gerade auf sie auf." Sie verließ eilig das Zimmer.

Einen Moment später kehrte sie mit einem kleinen Bündel auf dem Arm zurück. Das Mädchen war ungefähr ein Jahr alt. Sie sah Qui-Gon mit einem leuchtenden, forschenden Blick an. Er streckte einen Finger aus. Die Kleine führte ihn zu ihrem Mund und begann, sanft darauf herumzukauen.

„Ah", sagte Qui-Gon. „Ich verstehe." Er beobachtete sie

eine Weile, registrierte genau ihre Reaktionen und ihren Gesichtsausdruck. Schließlich nickte er kurz.

„Seid Ihr so schnell zu einer Entscheidung gekommen?", fragte O-Rina mit einem unsicheren Lächeln.

„Ja, das bin ich", gab Qui-Gon zurück. „Sie hat definitiv Hunger."

O-Melie und V-Nen zeigten beide ein erleichtertes Lächeln.

„O-Yani kann sie füttern", schlug O-Rina vor. „Dann könnten wir uns unterhalten."

„O-Yani ist die Kinderpflegerin für diesen Siedlungsquadranten", erklärte V-Haad den Jedi. „Für jeden Quadranten in jedem Wohn-Ring gibt es eine, damit die Eltern weiter arbeiten und auch für sich sein können. Unsere Kinderpfleger sind die Weisesten und Besten unter uns."

O-Melie nahm das Kind von Qui-Gons Armen. Sie verschwand im anderen Zimmer.

Qui-Gon musste seiner Jedi-Partnerin Adi nur einen kurzen Blick zuwerfen, um zu wissen, dass sie dasselbe gespürt hatte: O-Lana war sensitiv für die Macht. Aber um herauszufinden, wie stark die Macht in ihr war, mussten sie mehr Zeit mit ihr verbringen.

„Wir sollten uns setzen", schlug Adi vor. „Während das Kind gefüttert wird, können wir etwas mehr darüber erzählen, warum wir so weit gereist sind, um sie zu sehen."

O-Melie und V-Nen setzten sich auf eine gepolsterte Bank, die den Jedi gegenüber stand. V-Haad setzte sich auf eine Seite neben sie, O-Rina auf die andere. *Als würden sie sie bewachen,* dachte Qui-Gon.

„Wenn die Macht in O-Lana stark ist, werden ihre Kräfte stärker werden, wenn sie wächst", begann Qui-Gon. „Diese Kräfte sollten gefördert und geleitet werden. Wenn das niemand tut, kann das Kind verwirrt und ängstlich werden."

V-Nen und O-Melie beugten sich leicht vor. Sie sahen den Jedi aufmerksam an.

„Niemand auf Kegan ist ängstlich", erklärte O-Rina bestimmt.

„Das Gemeinwohl ist stark. O-Lana wird von uns allen unterstützt werden", fügte V-Haad hinzu.

Adi begann zu sprechen. „Der Tempel auf Coruscant ist ein Ort, an dem ein Kind, das sensitiv für die Macht ist, nicht nur lernen kann, seine Gabe zu kontrollieren, sondern auch, wie es sich davon leiten und mit allen Dingen verbinden lassen kann."

V-Haad nickte lächelnd. „Ausgezeichnet! Die Ausführungen der Jedi klingen tatsächlich sehr erfreulich. Wir haben Führer hier, die uns zeigen, wie man sich mit anderen verbunden fühlt."

Adi wurde ungeduldig. Doch Qui-Gon kam ihr schnell zuvor.

„Wenn O-Lana ein besonderes Kind ist ..."

„Ah, hier muss ich Euch unterbrechen", sagte O-Rina mit einem strahlend freundlichen Lächeln zu Qui-Gon. „O-Lana ist besonders, ja – aber nur insofern, als dass jeder Keganite etwas Besonderes ist. V-Tan und O-Vieve haben uns gelehrt, dass der innere Führer in jedem von uns mächtig ist. Niemand ist besser als irgendein anderer."

„Wir sagen ja nicht, dass O-Lana besser ist", erklärte Adi. Qui-Gon hörte die Ungeduld, die sie zu kontrollieren versuchte. „Wir sagen, dass die Macht sie aufwühlen wird. Der Weg der Jedi wird ihr zeigen, wie sie mit der Galaxis und mit anderen verbunden ist."

V-Haad strahlte. „Ah, jetzt verstehe ich. Ein weiser und gerechter Weg, dessen bin ich mir sicher. Aber O-Lana wird das nicht brauchen. Hier auf Kegan vereinen sich alle inneren Führer und bilden das Gemeinwohl. Es wäre falsch, O-Lana aus dem Ring des Gemeinwohls zu entfernen, denn das würde den Ring verkleinern und O-Lana würde in dem Glauben aufwachsen, sie wäre etwas Besonderes. Das ist gegen den Rat der Führer."

V-Haad und O-Rina nickten und lächelten.

Langsam nickten auch V-Nen und O-Melie.

Qui-Gon verstand Adis Frustration. V-Nen und O-Melie schienen aufmerksam zuzuhören, aber man gab ihnen keine Chance zu reagieren. Stattdessen übernahmen die Führer der Gastfreundschaft das Reden. Dies war genau der Grund, warum die Jedi es vorgezogen hätten, das erste Gespräch mit den Eltern allein zu führen.

Er wusste, dass V-Haad und O-Rina trotz ihrer Einwürfe auf kein einziges Wort gehört hatten, das die Jedi gesagt hatten. Sie hatten keine Fragen über den Weg der Jedi gestellt, geschweige denn über O-Lanas Fähigkeiten. Wenn es nach ihnen ginge, würde dieses Kind Kegan niemals verlassen.

Qui-Gon konzentrierte sich auf V-Nen und O-Melie.

„Wenn die Macht in O-Lana stark ist, solltet Ihr genau wissen, was das bedeutet. Sie könnte in der Lage sein, Objekte zu bewegen oder Ereignisse zu sehen, bevor sie stattfinden. Solche Dinge können ein Kind verängstigen."

„Nicht auf Kegan", sagte O-Rina fröhlich. „Unsere wohlwollenden Führer, O-Vieve und V-Tan, haben selbst Visionen. Ihre Visionen der Zukunft haben die Gegenwart gestaltet, indem sie das Gemeinwohl geschaffen haben."

Qui-Gon tauschte mit Adi einen schnellen Blick aus. Sie mussten die Eltern von den Führern der Gastfreundschaft trennen. So viel war sicher. Doch sie mussten auch Yodas Anweisungen befolgen. Sie durften keine Unruhe auf diesem Planeten verbreiten. Sie mussten die Art und Weise respektieren, wie solche Dinge auf Kegan geregelt wurden.

Die Führer der Gastfreundschaft standen plötzlich auf. „Das war ein hervorragendes Treffen", meinte V-Haad. „Ich bin so froh, vom wundervollen Weg der Jedi gehört zu haben."

„Und wir sind sicher, dass Ihr müde von Eurer Reise seid", fügte O-Rina hinzu. „Wir werden Euch die Unterkünfte zeigen, die wir Euch bereitstellen. Wir werden noch genügend Zeit für weitere Unterhaltungen haben."

„Es sei denn, dass Ihr aufbrechen müsst", meinte V-Haad. „Wir wissen, wie wichtig die Jedi sind."

„Wir können bleiben, solange V-Nen und O-Melie es wollen", erklärte Adi Gallia bestimmt.

„Ich habe eine Bitte", sagte Qui-Gon. „Wir würden gern zu Fuß zu unserem Quartier gehen. Wir hatten wirklich eine lange Reise, das stimmt. Wir würden uns gern die Beine vertreten und mehr von Eurem schönen Planeten sehen."

Die beiden Führer der Gastfreundschaft sahen sich bei dieser unerwarteten Bitte unwillkürlich an.

„Natürlich", sagte O-Rina. Ihre normalerweise freundliche Miene wurde jetzt von einem Ausdruck des Zögerns überschattet. „Wenn Ihr das wünscht ..."

„Das tun wir", sagte Qui-Gon bestimmt. „Und natürlich würden wir auch die Begleitung von V-Nen und O-Melie schätzen. Das wäre eine Chance, uns näher kennen zu lernen."

Die Führer der Gastfreundschaft konnten nicht ablehnen. O-Melie und V-Nen gingen, um ihre Nachbarin O-Yani zu bitten, auf O-Lana Acht zu geben.

„Das Baby schläft jetzt", erklärte O-Melie leise, als sie wieder hereinkam. „Wir würden gern mit Euch gehen."

Die Führer der Gastfreundschaft, O-Melie und V-Nen gingen hinaus. Qui-Gon tat so, als würde er seinen Mantel zurechtlegen und wandte sich dabei an Obi-Wan und Siri.

„Trennt euch von uns und seht euch um, wenn ihr könnt", sagte er leise. „Macht es unauffällig. Die Führer der Gastfreundschaft werden euch folgen. Geht ihnen aus dem Weg. Ihr könnt die Zeit nutzen, um Informationen über Kegan zu sammeln. Aber stiftet keine Verwirrung oder Aufruhr. Erinnert euch: Beobachtung ohne Einmischung. Lasst nicht erkennen, dass ihr Jedi seid."

Obi-Wan und Siri nickten. Sie zeigten, dass sie ihn verstanden hatten.

Qui-Gon sah Adis besorgten Blick. Er glaubte, sie zu verstehen. Die beiden würden auf jeden Fall Aufsehen erregen. Es würde Aufmerksamkeit sein, die seiner Meinung nach das Risiko wert war. Doch Adi dachte vielleicht anders darüber. Er war es nicht gewohnt, einen anderen Jedi-Meister um sein Einverständnis bitten zu müssen. Er wartete und sah sie an, um herauszufinden, ob sie einen Einwand haben würde.

Während er wartete, fragte sich Qui-Gon erneut, warum Yoda zwei Teams auf den Planeten entsendet hatte. War Adi mitgeschickt worden, um seinen Hang zu beobachten, seinem Instinkt zu folgen und die Regeln zu ändern? War sie dabei, um zu beobachten, wie er und Obi-Wan zusammenarbeiteten?

Und wenn sie seinem Vorschlag nicht zustimmte, was würde er tun? Doch Adi nickte. „Hoffentlich funktioniert das", murmelte sie, als sie ins grelle Sonnenlicht hinausging.

## Kapitel 4

„Sagt mir, V-Haad und O-Rina", bat Qui-Gon, als sie durch die Straßen von Kegan gingen. „Ich sehe, dass Ihr eine Menge Probleme gelöst habt, die auf anderen Planeten noch bestehen. Wieso reisen Keganiten nicht zu anderen Welten, um ihr Wissen mit ihnen zu teilen."

„Wir haben keinen Bedarf dafür", sagte V-Haad. „Wir haben hier alles, was wir für ein gutes Leben brauchen. Und Reisen bedeuten Gefahren. Die Galaxis ist ein brutaler Ort. Wenn wir verreisen würden, könnte das andere anregen, hierher zu kommen. Das könnte Kegan gefährden. Ihr könnt nicht leugnen, dass die Galaxis voller Gefahren ist."

„Nein, das kann ich nicht", stimmte Qui-Gon zu. „Aber es gibt auch Handel und einen regen Austausch von Wissen."

O-Rina und V-Haad lächelten leicht und schüttelten die Köpfe.

„Wir haben alles, was wir brauchen", wiederholte V-Haad. „Handel oder Wissen hierher zu bringen ist unnötig und gefährdet das Gemeinwohl."

„Wieso sollte der Austausch von Informationen gefährlich sein?", fragte Qui-Gon in freundlichem Ton. Er sah am Hals von V-Haad, dass er errötete, auch wenn er weiterhin lächelte.

„Kegan ist ein schöner Planet", sagte Adi und sah Qui-Gon warnend an.

O-Rina wechselte schnell das Thema und sprach über die wundervolle Orte auf Kegan. Sie zeigte ihnen verschiedene heimische Pflanzenarten, als sie am Garten-Ring mit blühenden Blumen vorbeikamen.

Qui-Gon blieb schweigsam. Es gab noch etwas, das ihn an Kegan störte – etwas anderes als das gekünstelte Lächeln auf den Gesichtern der Führer der Gastfreundschaft. Plötzlich wurde ihm klar, dass er kein Lachen gehört hatte, seit er auf dem Planeten gelandet war. Er hatte keinerlei Brunnen oder Skulpturen oder sonstige Kunstwerke gesehen. Er hatte keine Musik gehört. Auf einem solch friedlichen Planeten war das ungewöhnlich. Vielleicht war es die fehlende Freude – trotz des Lächelns – die ihn störte.

„Hier ist unser Marktplatz", erklärte O-Rina stolz und deutete auf einen runden Platz voller Verkaufsbuden. „Niemand braucht Geld, um etwas zu kaufen. Alle tauschen mit ihren eigenen Waren. Niemand muss hungern."

Es war der eigenartigste Marktplatz, den Qui-Gon jemals betreten hatte. Obwohl sie am Garten-Ring gerade an Obstplantagen und Bäumen voller Ripe-Früchte vorbei gegangen waren, war hier keine einzige frische Frucht, kein Gemüse zu sehen. Stränge getrockneter Früchte hingen an Haken, große Tonnen waren mit Körnern gefüllt. Es gab

Schuster, die Stiefel anboten und Schneiderinnen mit Tuniken und Arbeitskleidung. Die Leute gingen nickend an den Ständen vorbei. Sie blieben nicht interessiert stehen, um sich etwas anzusehen oder weil sie etwas zum Kauf verlockte. Es gab genug zu sehen auf diesem Markt, aber nichts, was wirklich zum Kaufen einlud.

„Sehr ... nützlich", sagte Adi höflich.

Ein Karren kam auf sie zu. Er war mit Ballen rohen Stoffes beladen. Qui-Gon machte einen schnellen Schritt nach rechts, so als wollte er ihm ausweichen. Er kam einem Budenbesitzer in den Weg, der gerade Werkzeuge auf einen Verkaufstisch legte. Der Tisch kippte um und die Werkzeuge fielen auf den Boden.

Qui-Gon bückte sich schnell, um dem Händler zu helfen, die Werkzeuge aufzuheben. Als er wieder aufstand, waren Obi-Wan und Siri verschwunden.

O-Rina drehte sich zu ihm um. „Seht Ihr, es kommt ständig neue Ware an. Hier auf Kegan haben wir ..." Sie hielt inne. Ihre Augen suchten die Umgebung ab. „Aber was ist mit Euren jungen Jedi geschehen?"

V-Haad sah sich angestrengt in der Menge um. „Haben wir sie irgendwo verloren?"

„Ich bin mir nicht sicher", sagte Qui-Gon und gab vor, ebenfalls die Menge abzusuchen. „Vielleicht haben sie etwas entdeckt, was sie interessiert."

„Sie haben noch nichts von Eurer Technologie gesehen", sagte Adi. „Vielleicht haben sie diese alten Sende-Einheiten interessiert, die wir vorhin gesehen haben."

„Ja, die Neugierde", plapperte O-Rina. „Sehr lobenswert, aber wir sollten sie finden. Man kann auf Kegan leicht verloren gehen."

„Es ist nicht gut, verloren zu gehen", bestätigte V-Haad. „Die Ringe können so verwirrend sein wie ein Labyrinth."

O-Rina und V-Haad sahen V-Nen und O-Melie an.

„Wenn Ihr hier mit den Jedi warten würdet ...", sagte O-Rina.

„Und ihnen den Markt zeigen würdet ...", fügte V-Haad hinzu.

„Aber geht nicht zu weit", sagte O-Rina. „Sonst finden wir Euch womöglich nicht mehr. Das würde uns beunruhigen."

*Sie warnt sie,* dachte Qui-Gon.

„Wir werden hier warten", sagte V-Nen ruhig. Qui-Gon sah, wie er O-Melies Hand nahm.

Die Führer der Gastfreundschaft gingen davon. Qui-Gon wandte sich an V-Nen und O-Melie. Eine Lufthüpfer-Turbine summte über ihnen und er sprach in das Geräusch hinein. „Wir sind dankbar für diese Gelegenheit, mit Euch allein sprechen zu können."

„Wir haben nichts mehr zu sagen." O-Melies Stimme klang hohl. „Wir haben einen Fehler gemacht, als wir Euch riefen. Ihr solltet aufbrechen."

Qui-Gon tauschte einen überraschten Blick mit Adi aus. Er hatte angenommen, dass hinter V-Nens und O-Melies Schweigen eine Menge Fragen verborgen waren.

V-Nen legte eine Hand auf den Arm seiner Frau. Qui-

Gon bemerkte, dass sie zitterte. Was ging hier vor sich? Er spürte, wie die Frustration in ihm stieg. Wie konnten er und Adi das Vertrauen dieser Eltern gewinnen? Sie hatten offensichtlich Angst.

„O-Lana könnte jetzt wach sein", sagte er. „Wieso gehen wir nicht hin, um sie noch einmal zu sehen? Ihr solltet wissen, ob die Macht in O-Lana tatsächlich stark ist. Ihr müsst dann keine Entscheidung treffen. Ihr könnt darüber nachdenken."

„Lasst uns zurückgehen und das Kind untersuchen", fügte Adi Gallia sanft hinzu. „Wir werden Euch sagen, was wir denken und dann gehen."

V-Nen und O-Melie zögerten. Qui-Gon sah, dass sie eigentlich einwilligen wollten.

„Wir werden die volle Verantwortung bei den Führern der Gastfreundschaft übernehmen", sagte Qui-Gon.

„In Ordnung", gab V-Nen zögerlich zurück.

Er führte sie auf einem verschlungenen Weg durch den Marktplatz. Sie verließen ihn an einer anderen Straße, als sie gekommen waren. Dann führte V-Nen sie durch kleine Gassen, bis sie auf der Rückseite ihres Wohnhauses herauskamen.

Gerade als sie den Eltern hineinfolgen wollten, kam eine ältere Frau heraus. Sie hatte kurz geschorenes, dunkles Haar, das von silbernen Strähnen durchsetzt war. Ihre kleinen, dunklen Augen wanderten aufgeregt hin und her, wie die eines Vogels.

„Ihr seid wieder da", sagte sie.

„Wo ist O-Lana, O-Yani?", fragte O-Melie. „Schläft sie?"

„Sie ist nicht hier", gab die ältere Frau zurück. „Sie sind gekommen. Sie haben sie mitgenommen."

## Kapitel 5

Obi-Wan und Siri rannten nicht. Es sah auch nicht so aus, als hätten sie es eilig. Sie hatten gelernt, sich unbemerkt in einer Menschenmenge zu bewegen. Wenn sich jemand nach ihnen umdrehte, waren sie bereits tiefer in der Menge verschwunden.

Sie hatten den Marktplatz im sicheren Wissen hinter sich gelassen, dass O-Rina und V-Haad ihn gründlich durchsuchen würden.

„Lass uns zum Garten-Ring gehen", schlug Obi-Wan vor. „Dort können wir uns leichter verstecken."

Siri nickte. Sie liefen in Richtung des Ringes und gingen einen Weg entlang, der sich durch Reihen von Bäumen voller Blätter schlängelte. Vor sich sahen sie eine bewaldete Stelle und gingen darauf zu. Sie kämpften sich durch hohe Dornenbüsche, die den Weg zu versperren drohten. Schließlich machten sie auf einer Lichtung Halt, um nach Luft zu schnappen.

Siri zog sich einen dornigen Zweig aus dem Haar. „Ich weiß nicht, warum wir uns überhaupt absetzen mussten", grummelte sie. „Gerade als es interessant wurde, kam Qui-Gon mit einem Plan, um uns loszuwerden. Wie kann ich etwas lernen, wenn ich nie zwei Jedi-Meister in Aktion sehe?"

„Wir sollen eine Mission durchführen", sagte Obi-Wan.

Siri zog sich noch einen Zweig aus ihren blonden Haaren. „Du musst vor mir keine Jedi-Weisheiten wiederholen, Obi-Wan. Ich habe denselben Unterricht gehabt wie du."

Sie seufzte plötzlich und ließ sich ins weiche Gras fallen. „Ich bin einfach enttäuscht. Ich wollte sehen, wie Qui-Gon und Adi die Situation regeln. Etwas an diesem Planeten ist sehr eigenartig. Bei diesen Fremdenführern bekomme ich eine Gänsehaut. Wer hätte gedacht, dass jemand so unheimlich lächeln kann?"

„Deswegen wollte Qui-Gon die Eltern allein treffen".

Siri sah ihn von der Seite an. Es schien ein Blick voller Abscheu zu sein. „Du musst mir den Plan nicht erklären", sagte sie. „Ich war dabei."

Sie sprang auf, bevor er reagieren konnte. *Das tut sie immer*, dachte Obi-Wan. Sie gab ihm niemals eine Chance, sich zu entschuldigen oder überhaupt zu reagieren. Obwohl er das auch gar nicht wollte.

„Komm", sagte sie. „Wir sollten nicht so lange an einem Ort bleiben."

„Ich weiß", sagte Obi-Wan und ging los.

Siri beschleunigte ihren Schritt und sie hasteten über die überwachsenen Wege. Keiner der beiden wollte dem anderem die Führung überlassen.

*Das ist so lächerlich*, dachte Obi-Wan. *Habe ich in all meinen Jahren im Tempel eigentlich nichts gelernt? Ich sollte wirklich nicht mit Siri wetteifern.*

Aber er konnte auch nicht langsamer werden und ihr die Führung lassen.

„Vielleicht sollten wir den Tech-Ring suchen", schlug Obi-Wan vor. „Wenn wir herausfinden sollen, wie die Gesellschaft hier auf Kegan wirklich funktioniert, ist das sicher ein guter Ausgangspunkt."

„Das ist der erste Ort, an dem sie nach uns suchen werden", blaffte Siri.

Sie verließen das Buschgewirr und fanden sich neben einem Feld mit hohem Gras wieder. Ein Weg lief an der Seite des Feldes entlang und sie bogen auf diesen Weg ab.

„Hast du einen besseren Vorschlag?", fragte Obi-Wan.

„Ich denke, wir sollten uns unter die Leute mischen", sagte Siri. „Es ist eine menschliche Bevölkerung, also würden wir nicht auffallen. Und wir tragen auch ähnliche Kleidung. Wir bekommen vielleicht eine Menge Informationen, indem wir einfach mit den Leuten reden."

Bevor Obi-Wan antworten konnte, zerschnitt der Lärm eines Triebwerks die Stille. Ein Landgleiter kam näher. Es war zu spät, um im Gebüsch zu verschwinden.

„Lass uns einen Bluff versuchen", murmelte Obi-Wan Siri zu.

Der Landgleiter hielt neben ihnen an. Ein grobschlächtiger Mann mittleren Alters in einer Chromahaut-Tunika lächelte sie freundlich an.

„Was macht ihr hier draußen?"

„Wir gehen spazieren", erklärte Obi-Wan.

„Heute keine Schule?", fragte der Mann freundlich.

Das war die Falle. Obi-Wan wollte nicht sagen, dass sie Besucher waren. Das würde sicher O-Rina und V-Haad auf ihre Spur bringen.

„Wir haben die Erlaubnis, fern zu bleiben", sagte Siri. „Unsere Eltern brauchen Hilfe zu Hause. Da wir gerade davon sprechen: Wir müssen uns beeilen."

„Dann mal los." Der Mann winkte ihnen zu.

Sie gingen an ihm vorbei. Aber etwas stimmte nicht. Die Macht warnte Obi-Wan, einen Augenblick bevor ein Elektro-Jabber zuerst nach seinem Knie und dann nach seiner Schulter schlug. Beide Hiebe streiften ihn nur, hatten aber genug Kraft, ihn umzuwerfen. Einen Sekundenbruchteil später stürzte Siri neben ihm. Sie stieß einen zischenden Atemzug aus. Sie hatte noch nie zuvor einen Elektro-Jabber gefühlt.

Der Mann hob sie auf und warf sie wie Frachtkisten auf die Ladefläche des Landgleiters. Dann rasten sie davon.

## Kapitel 6

„O-Lana ist verschwunden?" O-Melies Gesicht wurde totenbleich. Sie presste sich die Hand gegen den Mund. „Wie konntest du sie gehen lassen?"

„Ich musste es tun", antwortete O-Yani. Ihre Augen wanderten nervös von O-Melie zu V-Nen. „Sie sagten mir, dass es Zeit für ihren routinemäßigen medizinischen Check wäre. Es gäbe keinen Grund zur Besorgnis. Sie wird zurückkommen. Sie wird nicht verschwinden."

V-Nen warf O-Melie einen Blick zu. *Eine Warnung*, dachte Qui-Gon. Er sah, wie O-Melie schluckte. Ihr Gesichtsausdruck war jetzt verändert. Ihre verkrampften Gesichtsmuskeln entspannten sich. Ihre Lippen formten sich langsam zu einem leichten Lächeln.

„Natürlich", sagte sie. „Ich verstehe."

Sie hörten hektische Schritte. Eine Sekunde später kamen die Führer der Gastfreundschaft.

„Ah, wir haben Euch gefunden", sagte O-Rina.

V-Haads Lächeln blieb unverändert. „Wir dachten, Ihr würdet auf dem Marktplatz warten."

„Das haben wir wohl falsch verstanden", sagte Qui-Gon. „Wir haben gefragt, ob wir nicht hierher zurückkommen konnten. Es tut uns sehr Leid, wenn wir Euch Unannehmlichkeiten machen."

„O-Lana wurde mitgenommen", sagte O-Melie und bemühte sich, ruhig auszusehen. „O-Yani sagt, die Führer des Med-Ringes wären gekommen, um sie zu holen. Sie hatte aber gerade erst ihre routinemäßige medizinische Untersuchung. Vielleicht gab es ein Missverständnis."

„Wir werden das überprüfen", versicherte ihr O-Rina. „Macht Euch keine Sorgen. Ein Kind kann nie gesund genug sein!"

V-Nen war genauso bleich wie seine Frau, aber sein Gesicht war zur selben freundlichen Maske gefroren. „Vor einer medizinischen Untersuchung werden immer die Eltern benachrichtigt. Eigenartig, dass O-Lana ohne eine Benachrichtigung abgeholt wurde."

„Sogar auf Kegan kann einmal etwas versäumt werden", meinte V-Haad jovial. „Aber das kann keine Entschuldigung sein", fügte er schnell hinzu.

„Auch nur ein kleiner Moment der Sorge um ein Kind kann wie eine Ewigkeit sein", sagte O-Rina verständnisvoll. „V-Haad und ich werden uns gern für Euch einsetzen. Wir werden geradewegs zu V-Tan und O-Vieve gehen, wenn es sein muss."

„Dafür sind wir dankbar", sagte V-Nen mit schmalen Lippen.

O-Rina wandte sich an die Jedi. „Natürlich wird all das

seine Zeit dauern. Wir wissen, dass die Jedi für die Galaxis viel zu wichtig sind, um irgendwo Zeit zu vergeuden. Wir würden es vollkommen verstehen, wenn Ihr zu wichtigeren Aufgaben zurückkehren müsstet."

„Leider haben wir Eure jungen Begleiter nicht gefunden", sagte V-Haad freundlich. „Vielleicht habt Ihr Kommunikationsgeräte, mit denen Ihr sie rufen könnt."

„Vielen Dank für Eure Besorgnis", antwortete Qui-Gon freundlich. „Aber ich fürchte, Ihr überschätzt, wie sehr wir in der Galaxis in Anspruch genommen werden. Wir können hier bleiben, bis das Kind gefunden ist. Was unsere Begleiter betrifft, so sind wir leider ratlos."

Adi hakte in seine Strategie ein. „Wir haben versucht, sie mit unseren Comlinks zu kontaktieren", sagte sie. „Sie antworten nicht. Vielleicht haben sie sie verloren – oder unsere Technologie funktioniert auf Eurem Planeten nicht. Wir werden sie suchen müssen."

„Es tut uns Leid, wenn das Unannehmlichkeiten für Euch bedeutet", fügte Qui-Gon hinzu. „Wir hätten gern die Erlaubnis, uns unter Eurem Volk zu bewegen. Ihr wisst, wie junge Leute sein können. Höchstwahrscheinlich haben sie irgendetwas Interessantes entdeckt und darüber die Zeit vergessen."

Die Führer der Gastfreundschaft saßen in der Falle. Sie konnten eine solch freundliche Bitte nicht ablehnen. Aber sie sahen unsicher aus.

„Kegan ist ein friedlicher Planet", sagte V-Haad verhalten. „Und doch ist unser Volk nicht an Fremde gewöhnt.

Sie könnten sich fürchten und daher ungewohnt reagieren. Wir möchten nicht, dass Ihr in irgendwelche Schwierigkeiten geratet ..."

„Jedi sind es gewohnt, sich unter Fremden zu bewegen", sagte Adi mit erhobenem Kopf. „Wir machen uns keine Sorgen."

„Wir bleiben in Verbindung", sagte Qui-Gon und verneigte sich vor den Fremdenführern.

Die Führer der Gastfreundschaft drehten sich um. O-Melie stand starr wie ein Felsklotz da, aber ihre brennenden Augen sahen die Jedi bittend an. *Findet sie!*

Dann drehten sich die Führer der Gastfreundschaft wieder zu ihnen um und ihr leeres Lächeln kehrte zurück.

„Die Mutter hat Angst", meinte Adi Gallia.

„Der Vater auch", sagte Qui-Gon. „Er verbirgt es nur etwas besser."

Adi seufzte. Sie hatten beim Garten-Ring vor dem Weitergehen eine Pause eingelegt. „Ich fürchte, dass wir mit jedem unserer weiteren Schritte die Wünsche des Rates verletzen. Wir mischen uns ein. Wir könnten uns hier Feinde machen."

„Ein Kind wird vermisst", sagte Qui-Gon. „Vergesst nicht, dass es sensitiv für die Macht ist. Seine Eltern sind offensichtlich verängstigt. Die Situation hat sich verändert. Und zwar auf Grund unserer Anwesenheit. Wenn wir nicht gekommen wären, wäre das Kind in Sicherheit."

Adi nickte zögerlich. „Das Mädchen könnte durchaus

dort sein, wo die Führer der Gastfreundschaft sagen, dass es ist. Sie wollen die Kleine von uns fern halten. Aber das bedeutet nicht, dass sie ihr etwas antun würden. Wir können nichts unternehmen, ohne sicher zu sein, dass das Kind in Gefahr ist."

Qui-Gon wusste, dass das Kind nicht in Sicherheit war – weshalb sonst sollten die Eltern so viel Angst haben? Aber er schwieg. Adi Gallia und er mussten als Team zusammenarbeiten.

Sie fuhr nachdenklich fort: „Unsere Mission besteht auch darin, Kegan die Vorteile eines Beitritts zur Galaktischen Allianz zu demonstrieren. Wir sind Fürsprecher des Friedens. Alles, was ich sagen will, ist, dass wir vorsichtig vorgehen müssen."

„Wir erzählen uns gegenseitig Dinge, die wir bereits wissen", sagte Qui-Gon unruhig. „Wir sollten versuchen, Obi-Wan und Siri an die Comlinks zu bekommen."

Er aktivierte seinen Comlink, doch Obi-Wan antwortete nicht. Adi tat dasselbe mit ihrem, doch auch Siri gab keine Antwort.

„Vielleicht befinden sie sich in einer Situation, in der es besser ist, nicht zu antworten", vermutete Adi. „Wir haben sie angewiesen, sich unter die Bevölkerung zu mischen und nicht zu zeigen, dass sie Jedi sind."

„Richtig", stimmte Qui-Gon zu. „Lasst es uns später noch einmal versuchen. In der Zwischenzeit wird die Suche nach ihnen eine gute Deckung für die Suche nach O-Lana abgeben. Lasst uns zum Med-Ring gehen."

Sie streiften durch verschiedene Kliniken, sahen sich in Pflegestätten und Heimen um. Niemand hielt sie auf. In ihren groben Tuniken mit den versteckten Lichtschwertern gingen sie problemlos als Keganiten durch.

„Wenn wir allerdings an ihre Datenbänke herankommen würden ...", murmelte Qui-Gon Adi zu.

„Das würde bedeuten, dass wir ihre Sicherheitseinrichtungen umgehen müssten", sagte sie kopfschüttelnd. „Das wäre eine ernste Gesetzesübertretung."

„Aber es ist die einzige Möglichkeit", meinte Qui-Gon. „Sie haben das Kind offensichtlich versteckt."

„Wir sollten weitersuchen", meinte Adi Gallia bestimmt.

Qui-Gon hatte Schwierigkeiten, seine Frustration im Zaum zu halten. Zusammenarbeit unter Jedi war etwas Normales. Sie wurden aufgezogen, so zusammenzuarbeiten. Aber was war, wenn sie sich nicht einig waren?

„Noch ein wenig länger", sagte er.

Sie hob eine Augenbraue. Groß und einnehmend, wie sie war, mit ihrer dunkel-goldenen Haut und blauen Gesichtsmalen, war Adi Gallia dafür bekannt, dass sie eine ganze Klasse voller unruhiger Jedi-Schüler mit einem einzigen Blick zähmen konnte. Qui-Gon war allerdings nicht so leicht einzuschüchtern.

„Da seid Ihr ja!" Sie hörten O-Rinas schrille Stimme hinter ihnen. „Habt Ihr Eure beiden jungen Helfer gefunden? Wie eigenartig, dass Ihr hier im Med-Ring sucht."

„Junge Jedi interessieren sich für alle Facetten einer Gesellschaft", gab Adi unbewegt zurück.

„Und wie steht die Suche nach O-Lana?", fragte Qui-Gon. „Eigenartig, dass heute Morgen schon drei Menschen verschwunden sind."

„Wir haben ein zweites Team auf dieses Problem angesetzt", sagte V-Haad schnell. „O-Vieve und V-Tan dachten, dass es das Beste ist."

„Vielleicht sollten wir einmal mit Euren wohlwollenden Führern sprechen", sagte Qui-Gon. „Wir hätten gern eine Genehmigung, die Datenbanken von Kegan zu durchsuchen."

V-Haad schüttelte den Kopf. „Wir würden für die Jedi alles tun. Aber Verabredungen mit V-Tan und O-Vieve müssen Wochen im Voraus angefragt werden. Sie sind sehr beschäftigt."

„Aber Ihr sagtet doch, dass Ihr gerade bei ihnen wart", bemerkte Adi.

„Das stimmt", sagte O-Rina. Ihre Wangen wurden tiefrot. „Wir sind Führer der Gastfreundschaft oberen Ranges, wisst Ihr."

„Ich bin sicher, Ihr werdet eine Möglichkeit finden, dass sie mit uns reden", sagte Qui-Gon bestimmt. „Gehen wir zusammen oder erklärt Ihr uns den Weg?"

Der Ton in seiner Stimme sagte ihnen, dass er kein Nein akzeptieren würde. O-Rina und V-Haad nickten zögernd. „Natürlich stehen wir den Jedi zu Diensten ..." Qui-Gon gab das leere Lächeln der Fremdenführer zurück. „Dann geht bitte voraus."

## Kapitel 7

„Ich kann meine Beine noch immer nicht spüren", flüsterte Siri. Obi-Wan hörte die Angst in ihren Worten.

„Das geht vorbei", versicherte er ihr. „Aber es dauert ein paar Stunden."

Sie waren jetzt einige Zeit unterwegs und die Stadt lag schon hinter ihnen. Aus seiner Lage im hinteren Teil des Gleiters konnte Obi-Wan ein Stück Himmel sehen. Die letzten Kilometer hatte er keinen einzigen anderen Gleiter mehr gesehen, nur die Spitzen von Bäumen, die im Wind tanzten. Die Temperatur fiel; möglicherweise, weil sie in höheres Gelände kamen.

Irgendwann senkten sich die Maschinen auf ein langsameres Tempo herab und sie hielten an. Die Tür neben Obi-Wan öffnete sich und er wurde herausgezerrt. Weil seine Beine zu schwach waren, warf man ihn einfach zu Boden. Siri landete genau neben ihm.

„Ich dachte, Kinder würden auf Kegan behütet", sagte er mit einer Wange im Dreck.

Plötzlich stellte jemand einen Stiefel auf seinen Kopf. Sein

Gesicht wurde noch weiter in den Schmutz gedrückt. „Keine Frechheiten. Ihr wisst genau, dass es auf Kegan ein Verbrechen ist, den Unterricht zu schwänzen. Ihr seid alt genug, um dafür bestraft zu werden."

„Wir sind keine Keganiten!", protestierte Siri.

„Ich kenne all diese Ausreden schon. Halt den Mund."

„Wir kommen von einer anderen Welt. Wir sind Besucher", beharrte Siri wütend. „Nimm deinen Stiefel vom Kopf meines Freundes!"

Der Stiefel hob sich von Obi-Wans Kopf und landete auf Siris Schulter. „In Ordnung", sagte der Mann.

*Genug,* dachte Obi-Wan. Er versuchte aufzustehen, doch der Elektro-Jabber hatte ganze Arbeit geleistet. Er wusste, dass er seine Arme und Beine in den nächsten Stunden noch nicht richtig benutzen konnte. Bis dahin würde es unmöglich sein, das Lichtschwert effektiv einzusetzen. Er versuchte, näher an Siri heranzurollen, konnte sich aber nicht bewegen. Hilflos musste er zusehen, wie sich der Stiefel mehr und mehr auf Siris Schulter senkte und ihr Gesicht weiter in den Schmutz gedrückt wurde.

„Was habe ich über freche Antworten gesagt?", fragte der Mann wieder.

Siri biss die Zähne zusammen. Ihre wilden, blauen Augen blitzten. Sie spuckte den Dreck aus, antwortete aber nicht.

„V-Tarz!", donnerte eine Stimme hinter ihnen. V-Tarz nahm sofort seinen Stiefel von Siris Schulter.

Obi-Wan sah einen zweiten Mann näherkommen. Er trug dieselbe dunkelblaue Chromahaut-Tunika wie V-Tarz.

„Was machen diese Schüler auf dem Boden?", wollte der zweite Mann wissen.

„Sie haben sich der Gefangennahme widersetzt", gab V-Tarz zurück.

„Es besteht keine Notwendigkeit, körperliche Gewalt anzuwenden", sagte der andere. „Wir haben das schon mehrmals diskutiert. Lernen funktioniert mit Liebe, nicht mit Angst. Bringt sie in den Unterricht."

Obi-Wan wurde auf die Füße gehoben. Er drückte die Knie durch, damit er nicht umfiel. Siri tat dasselbe.

„Aber wir sind keine Keganiten", protestierte Obi-Wan vor dem zweiten Wachmann, der etwas freundlicher zu sein schien als der erste. „Wir sind Besucher." Er konnte nicht sagen, dass sie Jedi waren – Qui-Gon hatte sie angewiesen, das geheim zu halten.

Der düstere Blick des zweiten Wachmanns wanderte von Obi-Wan zu Siri. „Niemand besucht Kegan. Drei Einträge für Lügen." Er wandte sich ab. „Bring sie in den Unterricht."

V-Tarz stieß sie mit dem Griffende des Elektro-Jabbers an. „Ihr habt V-Brose gehört. Bewegt euch."

„Lass uns versuchen zu verschwinden", murmelte Siri Obi-Wan zu, als sie über den Hof stolperten. Ihre Muskeln waren weich wie Pudding.

„Machst du Witze?", flüstere Obi-Wan durch die Zähne. „Wir würden keine fünf Meter durchhalten. Wir müssen warten, bis die Wirkung des Elektro-Jabbers nachlässt. Und zuerst müssen wir herausfinden, wo wir sind und dann Qui-Gon und Adi Gallia kontaktieren."

„Gib mir nur eine Minute mit V-Tarz, bevor wir hier verschwinden", murmelte Siri.

„Das hört sich nicht nach einem Jedi an", sagte Obi-Wan missbilligend. „V-Tarz ist nicht unser Feind, eher ein Hindernis auf unserer Mission."

„Dieses *Hindernis* hat gerade die Gesichter zweier hilfloser, junger Leute in den Dreck gedrückt", gab Siri zurück. „Wann ist jemand für dich ein Feind, Obi-Wan?"

Ihre Unterhaltung war abrupt zu Ende, als V-Tarz sie gegen eine Mauer drückte. Raue Hände fassten unter Obi-Wans Reisemantel. V-Tarz holte Obi-Wans Lichtschwert hervor und untersuchte es.

„Was ist das?"

Obi-Wan erstarrte. Er konnte sein Lichtschwert nicht kampflos hergeben, egal wie schwach er auch sein mochte.

„Das ist nur ein Handwärmer", sagte Siri.

V-Tarz schob das Lichtschwert wieder in Obi-Wans Gürtel. „Dann brauche ich das nicht. Was ist das ...?"

Er hatte Obi-Wans Comlink gefunden. Er zog ihn aus der Tasche und holte dann auch den von Siri.

„Die braucht ihr hier nicht", sagte V-Tarz und hielt sie hoch. „Hm, sehen ziemlich neu aus." Er untersuchte sie. „Eure Eltern arbeiten wohl im Kommunikations-Ring, wenn ihr solche Comlinks habt." Er steckte sie mit einem zufriedenen Lächeln in die Tasche. Obi-Wan fürchtete, dass er als nächstes ihre Elektro-Ferngläser finden würde.

„Zum letzten Mal, Schwachkopf", zischte Siri, „wir sind keine Keganiten."

V-Tarz hob den Elektro-Jabber. Wieder erstarrte Obi-Wan. Ein weiterer Hieb könnte Siri für längere Zeit außer Gefecht setzen.

Die gemeißelte Büste einer ernst aussehenden Frau stand auf einem Regal über ihnen. Obi-Wan rief die Macht. Die Büste rutschte zur Kante des Regals und fiel herunter. Sie verfehlte V-Tarz nur um Millimeter und zerschellte in einem Regen aus Marmorsplittern. V-Tarz sah ungläubig hin.

Eine Tür in der Nähe ging auf. Eine Frau streckte den Kopf herein. Ihr Haar war streng zurückgebunden und sie trug eine einfache, braune Tunika über einer schwarzen Hose.

„V-Tarz! Was ist hier los? Ich versuche hier zu unterrichten." Ihr Blick fiel auf die zerbrochene Büste. „Du hast O-Vieve zerschmettert!"

„Sie fiel herunter, O-Bin", sagte V-Tarz. „Ein unglücklicher Unfall. Aber hier sind zwei Schüler für Euch. Behaltet sie im Auge, sie machen Schwierigkeiten."

O-Bin sah Siri und Obi-Wan kühl an. Dann lächelte sie. Obi-Wan fröstelte. Das Lächeln war genauso eigenartig wie das von O-Rina und V-Haad.

„Niemand, der lernt, macht Schwierigkeiten", sagte O-Bin. „Kommt."

Erleichtert darüber, dass sie V-Tarz entkamen, folgten Obi-Wan und Siri der Lehrerin durch eine Durastahl-Tür ins Klassenzimmer. Die Tür fiel knallend hinter ihnen ins Schloss und wurde automatisch verriegelt.

Schüler in grauen Tuniken saßen Reihe an Reihe auf langen Bänken, die die gesamte Länge des Raumes einnahmen. Kleine Datenschirme ragten vor jeder Bank in Augenhöhe vom Boden hoch. Die Schüler saßen aufrecht, die Hände an den Seiten. Nur ihre Augen bewegten sich, als sie Obi-Wan und Siri beobachteten.

„Ich fürchte, es hat ein Missverständnis gegeben", sagte Siri zu O-Bin. „Wir sind keine Keganiten. Wir sind ..."

Obi-Wan hörte ein paar Kicherer aus dem Klassenzimmer. Ein dünner Junge mit blondem, schulterlangem Haar sah ihn mitfühlend an und lenkte seinen Blick schnell wieder auf den Datenschirm. O-Bin richtete sich auf und blickte eine Reihe nach der anderen scharf an. Es wurde still.

„Setzt euch", sagte sie zu Siri und Obi-Wan.

„Aber wir sind keine ...", begann Obi-Wan.

„Setzt euch." Ihr Lächeln blieb unbewegt. „Zieht die Umhänge des Lernens an." Sie gab ihnen zwei graue Tuniken.

Obi-Wan und Siri tauschten Blicke aus. Sollten sie sich weiter wehren oder vorerst klein beigeben? Obi-Wan dachte an Qui-Gons Anweisungen und schlüpfte in die Tunika. Siri tat dasselbe.

Der schlanke Junge rutschte zur Seite, um Platz zu machen. Obi-Wan und Siri setzten sich. Sofort fuhren vor ihnen zwei Datenschirme aus dem Boden.

Die Lehrerin, deren Finger über einem Datapad schwebten, sah sie an. „Die Namen, bitte."

„Obi-Wan Kenobi", sagte Obi-Wan. „Von Coruscant."

„Drei Einträge für Lügen", sagte O-Bin lächelnd. „Und

einen Eintrag, weil du mir nicht deinen vollen Namen sagst."

„Das ist mein voller Name!", protestierte Obi-Wan.

„Noch drei Einträge für Lügen", sagte O-Bin. „Ich sehe, dass du bereits drei hast. Das macht ... zehn Einträge. Alle zusammen!"

„Einträge zeigen die Verwirrung des inneren Führers an", sagte die Klasse im Chor.

„V-Obi ist verwirrt", sagte die Lehrerin nickend. „Sein innerer Führer ist verdunkelt. Es ist an euch, ihn zur Hingabe zum Gemeinwohl zu führen."

Die Klasse nickte einmütig.

„Sind wir vielleicht auf einer seltsamen Welt gelandet?", flüsterte Siri Obi-Wan zu.

„Zwei Einträge für Reden. Und wie lautet dein Name?" Die Lehrerin wandte sich an Siri.

„Siri ..."

„Einen Eintrag, weil du mir nicht deinen vollen Namen nennen willst, O-Siri", sagte die Lehrerin. „Wir haben alle einen Buchstaben vor unserem Namen, den wir mit den anderen teilen. Das demonstriert unsere Hingabe zum Gemeinwohl. Alle zusammen!"

„Wir sind alle einzigartig und doch ist niemand besser als jemand anderes. Das ist das Gemeinwohl", sagte die Klasse im Chor.

„Das ist gemeinbekloppt", murmelte Siri.

„Drei Einträge für Reden trotz Warnung, O-Siri", sagte O-Bin. „Lasst uns zum Unterricht zurückkehren."

Obi-Wans Datenschirm flackerte blau auf. Buchstaben begannen, sich über den Bildschirm zu bewegen:

DIE REISE ZUM GALAKTISCHEN KERN IST GEFÄHRLICH. DAS ERSTE HINDERNIS IST DAS DELACRIX-SYSTEM.

Obi-Wan runzelte die Stirn. Er kannte das Delacrix-System. Sie waren auf dem Weg nach Kegan daran vorbeigekommen. Qui-Gon hatte gesagt, es wäre ein blühendes System aus drei Planeten, die drei Sonnen umkreisten. Alle Welten trieben friedlich Handel miteinander. Sie waren alle erst kürzlich dem Galaktischen Senat beigetreten.

„Wer kann mir sagen, warum das Delacrix-System gefährlich ist?", fragte die Lehrerin. „O-Iris?"

„Das Delacrix-System ist gefährlich, weil es von Piraten kontrolliert wird", sagte ein kleines, rothaariges Mädchen beinahe flüsternd. „Seine dritte Sonne ist eine pulsierende Nova, die die Maschinen eines vorbeifliegenden Raumschiffs zerschmelzen kann. Die Piraten zwingen Vorbeireisende in die äußeren Regionen der explodierenden Sonne, um sie zum Landen zu bewegen."

Obi-Wan starrte das kleine Mädchen verwundert an. Alles, was sie gesagt hatte, war falsch.

*Beobachtung ohne Einmischung,* hatte Qui-Gon gesagt.

Gerade als Obi-Wan beschlossen hatte, in jedem Fall zu schweigen, begann Siri zu reden.

„Aber das stimmt nicht!", protestierte sie.

„Ich habe dich nicht aufgerufen, O-Siri", sagte O-Bin streng. „Wenn du eine Frage stellen möchtest, berühre deinen Datenschirm."

Siri berührte ihren Datenschirm.

O-Bin presste die Lippen zusammen, als sie lächelte und sich ihr wieder zuwandte. „Ja, O-Siri?"

„Das Delacrix-System ist nicht von Piraten übernommen worden", sagte Siri.

„Das ist keine Frage", sagte O-Bin. Sie wurde rot. „Zwei Einträge."

„Und seine Sonne ist keine pulsierende Nova", fügte Siri hinzu. „Es ist ein friedliches System mit blühendem Handel."

„Drei Einträge." O-Bins Lächeln wurde gezwungener. „Das macht insgesamt elf Einträge. Du hast deinen starrköpfigen Kompagnon eingeholt."

„Los, Obi-Wan", murmelte Siri, ohne ihre Lippen zu bewegen. „Hilf mir mal."

Obi-Wan seufzte. Er berührte seinen Datenschirm.

„Eine Frage, V-Obi?"

„Delacrix ist ein sicheres, friedliches System", sagte Obi-Wan. „Das Reisen dorthin ist nicht gefährlich. Man muss zwar vorsichtig sein, aber …"

„Vier Einträge für Ungehorsam!" O-Bins Stimme klang jetzt schrill. Sie räusperte sich und lächelte. „Ihr tragt nicht zum Gemeinwohl bei. Jetzt wenden wir uns dem nächsten außenliegenden System zu. Bitte seht euch eure Schirme an."

Die Worte erschienen auf Obi-Wans Bildschirm.

## VOM PLANETEN STIEG WERDEN NEUE ZWISCHENFÄLLE GEMELDET.

„Kann mir jemand sagen, weshalb?", fragte O-Bin mit Blick zur Klasse. „V-Davi?"

Der schlanke Junge mit dem sandfarbenen Haar antwortete. „Stieg hat weder eine organisierte Regierung noch ein Herrschaftssystem. Verfeindete Stämme befinden sich in dauernden Kämpfen."

Siri stand auf. „Moment mal. Die Stieganer sind friedlich und sehr fröhlich. Und Stieg hat ein wunderbar funktionierendes Regierungssystem!"

O-Bins Gesicht wurde noch roter. „Danke für deinen Beitrag, O-Siri, aber es ist eine *Lüge*."

„Ich lüge nicht!"

Obi-Wan wollte an Siris Tunika ziehen, um sie zum Hinsitzen zu bewegen. Aber er konnte nicht rückgängig machen, was sie bereits gesagt hatte. Also musste er sie unterstützen.

„Siri hat Recht. Stieg ist friedlich", sagte Obi-Wan.

O-Bin schien kurz vor einer Explosion zu stehen. Sie presste die Hände zusammen. Dann lächelte sie.

„Ihr beiden macht es einander schwer, bei der Anzahl der Strafeinträge mit dem anderen schrittzuhalten", sagte sie in rasiermesserscharfem Ton. „Ich fürchte, dass hier härtere Strafmaßnahmen nötig werden. Ihr werdet nach dem Abendessen den Speisesaal für die gesamte Schule putzen."

Der Junge mit dem sandfarbenen Haar, V-Davi, sah sie mitleidig an.

„Denkt noch mal nach!", stieß Siri hervor. „Ich muss Euren Regeln nicht folgen! Ich unterstehe nicht Eurer Autorität!"

„Wenn ihr es vorzieht, die Bestrafung abzulehnen und das Gemeinwohl zu verletzen", fuhr O-Bin fort, „wird heute kein einziger Schüler etwas zu essen bekommen."

Fünfzig ärgerliche Augenpaare starrten Obi-Wan und Siri an.

„Nun, wollt ihr noch immer nicht folgen?", fragte O-Bin.

Unter seinem Mantel stieß Obi-Wan Siri an, um sie zum Schweigen zu bringen. Er wollte nicht dafür verantwortlich sein, dass die Schüler um ihr Essen gebracht würden.

Als die beiden nicht reagierten, drehte sich O-Bin mit einem breiten Lächeln voller Zufriedenheit weg.

„Großartig", flüsterte Siri. „Nicht nur, dass wir in der Falle sitzen – wir sitzen auch noch mit dreckigem Geschirr in der Falle."

O-Bin drehte sich nicht um. „Vier Strafeinträge, O-Siri", sagte sie süßlich.

## Kapitel 8

Qui-Gon und Adi standen in der Mitte des Konferenz-Ringes. Um sie ragte ein Freiluft-Kolosseum mit steinernen Stufen auf, die als Sitzbänke dienten.

„Alle Keganiten sind Teil der Regierung von Kegan", sagte V-Haad stolz. „V-Tan und O-Vieve erklären dem Volk Probleme. Sie bieten keine Lösungen an, eher Vorschläge. Jeder Bürger hat eine Stimme."

Ein niedriges, kreisrundes Gebäude stand neben dem Kolosseum. Seine Kuppel war golden gestrichen – in einer weitere Demonstration des erlesenen Geschmacks auf Kegan.

„Hier ist das zentrale Gebäude, in dem unsere wohlwollenden Führer residieren", erklärte O-Rina. „Wir werden eine Audienz für Euch erbitten."

O-Rina und V-Haad brachten sie zu einem kleinen Raum mit weiß gekalkten Wänden und Sitzbänken. „Sie werden gleich bei Euch sein", sagte O-Rina. „Wir werden am Haupteingang auf Euch warten."

Ein paar Augenblicke später öffnete sich die Tür und zwei ältere Keganiten in weichen, weißen Gewändern erschienen. Die Frau hatte silbergraues Haar, das in einem Zopf ihren Rücken hinabhing. Auch der Mann hatte silbernes Haar. Ihr strahlendes Lächeln schien echter zu sein als das der Führer der Gastfreundschaft.

„Willkommen, Qui-Gon Jinn und Adi Gallia", sagte die Frau. „Ich bin O-Vieve und das ist V-Tan. Es ist uns eine Ehre, Euch begrüßen zu dürfen."

Die beiden Jedi verneigten sich.

„Wir hoffen, dass Ihr uns behilflich sein könnt", sagte Qui-Gon. „Wir sind mit unseren Padawanen Siri und Obi-Wan gekommen. Sie haben uns verloren und wir finden sie nicht mehr."

V-Tan faltete die Hände. „Die Führer der Gastfreundschaft haben uns darüber informiert. Wir sind besorgt."

„Wir haben beschlossen, eine Suche in die Wege zu leiten", sagte O-Vieve. „Wir werden unsere Bürger informieren, dass die Kinder vermisst werden. Wir sollten recht bald Informationen haben."

„Wir würden uns gern an der Suche beteiligen", erklärte Qui-Gon.

O-Vieve nickte ihn freundlich an. „Ich verstehe Eure Besorgnis, doch Ihr kennt unsere Welt nicht. Wir können schneller und effektiver suchen. V-Tan und ich wären Euch dankbar, wenn Ihr während dieser kurzen Zeit unsere Gastfreundschaft annehmen würdet. Wir haben hier im Zentralgebäude Gastunterkünfte vorbereitet. Ich bin sicher, dass Ihr etwas zu essen und Ruhe braucht. Wir werden Eure Padawane zu Euch bringen."

Qui-Gon wollte gerade protestieren, doch Adi nickte. „Vielen Dank", sagte sie.

V-Tan und O-Vieve murmelten, dass es überhaupt keine Umstände machte und dass sie dankbar waren, die freundlichen und weisen Jedi kennen zu lernen. Die Führer der Gastfreundschaft würden in der vorderen Empfangshalle warten, um ihnen den Weg zu ihren Räumen zu zeigen.

Qui-Gon und Adi gingen in die Halle hinaus. Sobald sie außer Hörweite waren, murmelte Qui-Gon: „Wir können uns nicht darauf verlassen, dass sie Obi-Wan und Siri suchen."

„Natürlich nicht", stimmte Adi zu. „Aber wenn wir weiter protestiert hätten, hätte das uns nicht weitergebracht. Sie hätten nicht eingelenkt. Sie haben nicht solche Angst vor uns wie O-Rina und V-Haad."

„Sie haben Angst vor uns?", fragte Qui-Gon überrascht. „Sie mögen vielleicht nervös sein. Aber weshalb sollten sie Angst haben?"

„Das weiß ich nicht", sagte Adi. „Noch nicht."

Qui-Gon blieb stehen. Der Empfangsbereich war nahe und er wollte nicht, dass die Führer der Gastfreundschaft sie sahen. „Wir müssen wieder von vorne anfangen. Wir müssen mit V-Nen und O-Melie reden. Vielleicht hat es etwas mit O-Lanas Verschwinden zu tun, dass Obi-Wan und Siri nicht zurückgekehrt sind."

Adi nickte. „Wie können wir O-Rina und V-Haad loswerden?"

„Hier entlang", sagte Qui-Gon und ging in die entgegengesetzte Richtung den Korridor zurück. Er bog zuerst links und dann rechts ab.

„Woher wisst Ihr, wo wir hingehen müssen?", fragte Adi.

Qui-Gon lächelte. „Ich habe im Tempel bei der Jedi-Meisterin Tahl Unterricht in alternativer Wahrnehmung genommen. Als sie ihr Augenlicht verlor, war sie gezwungen, ihre anderen Sinne zu trainieren. Ich folge meinem Geruchssinn."

Adi konzentrierte sich. „Essen. Hier wird gekocht."

„Wo Essen ist, da sind auch Abfälle", erklärte Qui-Gon. „Und wo Abfälle sind, da ist normalerweise ein Ausgang."

„Und ich suche immer nach einem Fenster", sagte Adi, als sie neben ihm her hastete.

Die Küche war leer bis auf einen Koch, der mit dem Rücken zur Tür Grünzeug zu Püree verarbeitete. Qui-Gon und Adi Gallia schoben sich flink und leise an ihm vorbei und schlichen durch die Tür in einen Bereich mit Abfalleimern. Sie gingen dazwischen hindurch ins Freie und wandten sich dann in die Richtung, aus der sie ursprünglich gekommen waren.

Der Weg war nicht weit und so standen sie bald wieder vor V-Nens und O-Melies Tür. Qui-Gon klopfte leise.

V-Nen öffnete. Ein hoffnungsvoller Ausdruck erschien auf seinem Gesicht, als er die beiden Jedi sah.

„Ich dachte, dass es vielleicht Neuigkeiten über O-Lana gibt", sagte er.

„Ihr müsst uns vertrauen", meinte Adi. „Wir können Euch helfen, Eure Tochter zu schützen."

O-Melie kam zu ihrem Mann an die Tür.

„Wir haben nichts mehr zu sagen", erklärte V-Nen. „Ich muss zu meiner Arbeit im Kommunikations-Ring."

„Wir sind spät dran und müssen gehen", sagte O-Melie. „Bitte folgt uns nicht."

O-Melies Worte klangen kühl, doch ihre Augen sahen sie flehend an. Was wollte sie?

Bevor sie reagieren konnten, schloss sie ihnen die Tür vor der Nase.

Adi sah Qui-Gon an. Sie tauschten bedeutungsvolle Blicke aus. Sie schwiegen einen Moment, dann brummte über ihnen ein Lufthüpfer vorbei.

„Ich schlage vor, wir gehen zurück", sagte Adi.

„Ja", stimmte Qui-Gon zu. „Wir können hier nichts ausrichten."

Sie drehten um und verließen den Wohn-Ring. Aber in Qui-Gon keimte so etwas wie Hoffnung auf. Denn langsam begann er zu verstehen.

## Kapitel 9

Siri leerte noch einen Eimer mit schmutzigem Geschirr in der Spüle. Dreckiges Wasser schwappte auf den Boden.

„Welcher Blödmann hat entschieden, dass Turbo-Geschirrspüler schlecht für das Gemeinwohl sind?", fragte sie und nahm ein Spültuch in die Hand.

„Niedere Arbeiten, die aufmerksam verrichtet werden, tragen zum Gemeinwohl bei", sagte Obi-Wan.

Sie warf ihm einen bösen Seitenblick zu. „Du klingst wie einer von ihnen."

„Es beginnt zu wirken." Obi-Wan wusch den letzten Teller von der riesigen Ablage ab und stellte ihn auf einen Stapel.

Siri spähte aus einem schmalen Fensterband, das an der Oberseite der Wand entlanglief. Alle Fenster im Lern-Ring waren hoch oben in den Wänden angebracht. Sie ließen das Licht herein, verhinderten aber den Blick nach draußen. Heute Mittag war ihnen erklärt worden, dass die Beobachtung der Umgebung Zeit verschwendete, in der sie sich besser dem Lernen widmen sollten.

„Es wird dunkel", sagte Siri. „Ich würde sagen, wir brechen heute Nacht aus. Wir haben noch immer unsere Lichtschwerter."

„Ich denke, wir sollten noch warten", sagte Obi-Wan.

„Worauf?" Siri wusch einen Teller ab. „Auf das Frühstücksgeschirr?"

Obi-Wan antwortete ruhig. „Auf ein paar Dinge. Erstens wissen wir nicht, welche Sicherheitseinrichtungen der Lern-Ring hat. Wir sollten das herausfinden, bevor wir es versuchen. Denk daran, dass uns Qui-Gon und Adi angewiesen haben, keinen Aufruhr zu stiften."

„Aber das war, bevor wir gefangen genommen wurden", meinte Siri.

„Ich weiß. Sie machen sich jetzt auch sicher Sorgen. Aber das ist noch immer kein Grund, eine risikoreiche Flucht zu wagen. Wenn wir alles vorher planen, könnten wir möglicherweise einem Kampf aus dem Weg gehen."

Siri sah ihn ungläubig an. „Ist das alles, worüber du dir Sorgen machst? Einem Kampf aus dem Weg zu gehen?"

Obi-Wan musste sich beherrschen, nicht laut zu werden. „Ich habe auf Missionen mit Qui-Gon gelernt, dass es immer besser ist, einem Kampf aus dem Weg zu gehen, wenn möglich. Du solltest das auch im Tempel gelernt haben."

Siri lief rot an. Sie wusste, dass Obi-Wan Recht hatte. Ein Jedi sollte einem Konflikt immer aus dem Weg gehen. *Unendlich viel mehr Wege es gibt, ein Ziel zu erreichen,* hatte Yoda oft gesagt. *Sie alle ausprobieren ihr solltet.*

„Du scheinst zu vergessen, dass wir Jedi sind", sagte sie.

„Wenn wir einfach zeigen, wer wir sind, lassen sie uns vielleicht gehen. Dann wüssten sie, dass wir keine Keganiten sind."

„Aber wir *wissen* nicht, ob sie uns gehen lassen", konterte Obi-Wan. „Es wäre eine Möglichkeit, aber ich denke noch immer, dass wir warten sollten. Qui-Gon hat uns angewiesen nicht zu zeigen, dass wir Jedi sind. Und ich würde sagen, wir behalten unsere Deckung, so lange es irgendwie möglich ist. Was ist, wenn sie uns gefangen halten, *weil* wir Jedi sind? Oder was ist, wenn wir Qui-Gon und Adi Gallia in Schwierigkeiten bringen, indem wir beweisen, dass wir Jedi sind? Wir wissen nicht, womit unsere Meister gerade beschäftigt sind." Obi-Wan schüttelte den Kopf. „Es gibt zu viele offene Fragen. Solange wir keinen Weg finden, still und leise zu verschwinden, sollten wir bis auf weiteres hier bleiben. Betrachte es einfach so: Hier können wir etwas über die keganitische Gesellschaft lernen. Das hier ist so etwas wie ein Zwangsausbildungslager."

„Bist du immer so vorsichtig?", fragte Siri.

„Ich war es nicht immer", gab Obi-Wan zurück. „Aber ich bin es geworden."

Er sah sie eindringlich an. Sie wusste, worauf er anspielte. Er hatte einst impulsiv reagiert und war beinahe vom Weg abgekommen. Jetzt wusste er, dass man immer dazu verführt werden konnte, vorschnell etwas zu unternehmen. Aber es war oft besser zu warten.

Siri warf das Spültuch frustriert ins Becken. Es klatschte aufs Wasser und noch mehr Waschbrühe spritzte auf den

Boden. Obi-Wan seufzte. Nach dem Spülen würden sie noch eine Menge aufzuwischen haben.

„Wir müssen also hier bleiben und uns Lügen anhören, während wir die ganze Schule putzen?", fragte Siri angewidert.

„Man hätte uns nicht dazu gezwungen, wenn du nicht die ganze Zeit O-Bin widersprochen hättest", bemerkte Obi-Wan.

„Ja, wenn ich es zugelassen hätte, dass die Lehrerin den Schülern Lügen erzählt," sagte Siri bitter. „Wie können wir das hinnehmen, Obi-Wan? Du weißt, dass alles, was sie hier unterrichten, falsch ist."

„Was du dazu gesagt hast, hat nichts bewirkt. Keiner hat uns geglaubt und jetzt müssen wir hier putzen."

„Also ist alles meine Schuld", sagte Siri.

„Es ist nicht an mir, jemandem die Schuld für etwas zu geben", meinte Obi-Wan herausfordernd, „aber wenn du darauf bestehst: Ja!"

„Du wolltest doch nicht ausbrechen, als wir es gekonnt hätten", explodierte Siri. „Wir hätten einfach weglaufen sollen!"

Obi-Wan öffnete den Mund, um zu widersprechen, doch hinter ihnen erklang eine zögerliche Stimme.

„Das wäre keine gute Idee gewesen."

Sie drehten sich um. V-Davi, der dünne Junge aus dem Klassenzimmer, stand in der Tür. Seine Hände steckten in den Taschen seiner Tunika.

„Die Sicherheitskräfte haben hier sehr viel Macht", sagte

er. „Es ist unklug, sich ihnen zu widersetzen. Und abgesehen davon ist das gegen das Gemeinwohl."

„Danke für den Hinweis", sagte Obi-Wan.

Siri nahm einen Wischmopp und begann, das Wasser aufzuwischen, das sie verspritzt hatte. „Wieso bist du hier, V-Davi?", fragte sie freundlich. „Du hast doch nicht auch Strafeinträge, oder?"

„Nein. Ich habe Küchendienst für morgen. Ich dachte mir, dass ich heute Abend rechtzeitig anfange." V-Davi ging zu einem Behälter mit Grünzeug. Er schaltete eine Mixmaschine an und begann, das Gemüse hineinzuwerfen.

„Du meinst, die bereiten das Zeug, das sie einem hier geben, tatsächlich zu?", brummte Siri. „Ich dachte, sie kratzen es einfach aus der Mülltonne."

Obi-Wan grinste. Es stimmte: Das Essen im Lern-Ring war furchtbar. Das ganze Gemüse und Fleisch wurde zu einem Brei vermengt, zu runden Fladen verarbeitet und dann gekocht. Die Fladen waren so geschmacklos und hart, dass man sie ohne weiteres zum Schockballspielen verwenden konnte. Er sah V-Davi an, um herauszufinden, ob er sich angegriffen fühlte.

V-Davis Gesicht war starr vor Überraschung, so als hätte er noch nie zuvor einen Witz gehört. Dann lachte er. „Das Essen ist schlecht, das stimmt. Aber das ist nicht meine Schuld. Sie sagen mir nur, wie man es kochen muss."

„Ich habe dir nicht die Schuld gegeben, V-Davi", sagte Siri. „Du müsstest ein Genie sein, um so schlechtes Essen zubereiten zu können."

„Wenigstens kann ich euch beim Spülen helfen", bot V-Davi an. „Das würde mir nichts ausmachen."

„Mach dir keine Sorgen", sagte Siri zu ihm, als sie mit dem Aufwischen fertig war. „Ich habe uns hier reingebracht. Aber du kannst uns mehr über dich erzählen, während wir arbeiten."

„Wie alt warst du, als du zum Lern-Ring kamst?", fragte Obi-Wan.

„Das war vor sieben Jahren. Ich war zwei Jahre alt", sagte V-Davi, während er Gemüse in den Mixer warf. „Meine Eltern starben während der großen Toli-X-Epidemie. Ich wurde hierher geschickt. Die meisten Kinder auf Kegan fangen nicht mit dem Lernen an, ehe sie vier Jahre alt sind."

Siri tauschte einen Blick mit Obi-Wan aus. Toli-X war ein tödlich mutiertes Virus, das vor zehn Jahren auf Asteroiden-Bruchstücken von Planet zu Planet gelangt war. Kurz nach seinem Auftauchen war bereits ein Impfstoff dagegen entwickelt worden. In anderen Worten: Hätte Kegan mit den Welten der Galaxis Kontakt gehabt, hätte hier niemand sterben müssen.

Zwischen Obi-Wan und Siri war die stille Nachricht ausgetauscht worden. *Sag es ihm nicht. Nicht, wenn wir es nicht müssen.*

„Lebst du gern hier?", fragte Siri und wandte sich dem Geschirr auf der Ablage zu, um es abzutrocknen.

„Natürlich", antwortete V-Davi. „Dank des Unterrichts werde ich darauf vorbereitet, wie ich dem Gemeinwohl am besten dienen kann."

Es klang wie eine der Antworten, die sie im Unterricht gehört hatten. Obi-Wan half Siri, den hohen Geschirrstapel abzutrocknen. „Kommst du eigentlich auch hin und wieder aus dem Lern-Ring heraus?"

„Erst wenn der Unterricht abgeschlossen ist", sagte V-Davi. „Normalerweise mit sechzehn. Aber das wisst ihr doch."

„Wir sind nicht von hier, V-Davi", sagte Siri. „O-Bin glaubt uns nicht, aber es stimmt. Wohin gehst du, wenn du mit dem Lernen fertig bist?"

„Wo dem Gemeinwohl am besten gedient wird", gab der Junge sofort zurück. Er kratzte den Gemüsebrei in ein großes Gefäß und stellte es in ein Kühlregal, das an der Wand entlanglief. Dann begann er, die abgetrockneten Teller in Regale zu stellen. „Wenn du zwölf bist, musst du vor einem Komitee erscheinen, von dem deine Begabungen festgestellt werden. Dann bekommst du eine Ausbildung, die deinem Talent entspricht."

„Aber was passiert, wenn du einem Gebiet zugeteilt wirst, das du nicht magst?", fragte Siri.

„Dann bist du dennoch glücklich, weil du weißt, dass du zum Gemeinwohl beiträgst." V-Davi wischte etwas Wasser auf, das Siri verspritzt hatte. Er lehnte sich an die Spüle und steckte nervös die Hand in die Tasche. „Ich werde vielleicht in den Ernährungsdienst gehen. Da sind zu wenig Leute."

Siri sah ihn schräg an. „Was *würdest* du gern machen, V-Davi?"

„Ich möchte im Tier-Ring arbeiten", gab er zu. „Aber dort sind schon zu viele. Also würde es nicht dem ..."

„... Gemeinwohl dienen", komplettierte Siri. „Ich hab's verstanden."

Plötzlich hörte Obi-Wan ein *Piep Piep*. War das das Piepen eines Sicherheitsgeräts? Er sah sich schnell um, konnte aber keine Lichter oder Anzeigen sehen.

V-Davi schien nervös zu werden. „Wir sollten jetzt gehen."

Wieder hörte Obi-Wan das *Piep Piep*. Jetzt bemerkte er, dass das Geräusch aus V-Davis Tasche kam.

„Was war das?", fragte Siri geradeheraus.

V-Davi ging auf die Tür zu. „Nichts. Ich muss los. Sie schließen bald ab." Er hastete davon und etwas schwebte durch die Luft auf Obi-Wan zu. Er fing es auf. Es war eine Feder.

„V-Davi", rief er. „Warte."

V-Davi blieb stehen.

„Was hast du in der Hand?"

Siri ging auf V-Davi zu und sah in seine zusammengehaltenen Hände. „Es ist ein kleiner Vogel."

Obi-Wan kam ebenfalls näher. V-Davi musste den Vogel in seiner Tasche versteckt haben. Er saß in seinen schützenden Händen, ein kleiner Piepmatz mit hellgelben und blauen Federn.

V-Davis Augen wanderten angstvoll von Obi-Wan zu Siri. „Er hat einen verletzten Flügel. Ich habe ihn im Hof gefunden. Ich wollte ihn abliefern. Ich schwöre, dass ich das wollte!"

Siri streckte den Finger aus und streichelte den Vogel. „Er ist süß."

„I ... ich habe nur diese einzige Kreatur gerettet", stammelte V-Davi. „Ich würde niemals die Regeln des Lern-Ringes brechen."

Plötzlich sah Obi-Wan eine winzige, zuckende Nase aus V-Davis anderer Tasche schauen.

„Und was ist das?"

V-Davis Augen weiteten sich. „Das ist ein junger Ferbil", flüsterte er. „Bitte verrate mich nicht, V-Obi."

„Natürlich verraten wir dich nicht", versicherte Obi-Wan ihm. Er streichelte den Kopf des kleinen, pelzigen Wesens.

„Ist es gegen die Regeln, Tiere zu halten?", fragte Siri.

„Natürlich", sagte V-Davi. „Es gibt keine Haustiere auf Kegan. Es widerspricht dem Gemeinwohl, einer niederen Spezies Aufmerksamkeit zukommen zu lassen. Sie werden nur für die Nahrungsmittelgewinnung und Zucht verwendet." Seine grauen Augen musterten Obi-Wan und Siri und waren plötzlich voller Angst. „Ihr seid wirklich Außenweltler, oder nicht?"

„Ja", sagte Siri. „Aber wir sind auch deine Freunde."

Ein erleichtertes Lächeln erschien auf V-Davis Gesicht. „Schüler des Lern-Ringes sollen keine persönlichen Bindungen untereinander haben. Wenn man mit jemandem eine enge Freundschaft beginnt, wird er oder sie schnell in einen anderen Lernquadranten versetzt. Wir müssen also vorsichtig sein. Aber ihr müsst mich jetzt Davi nennen. Wenn man auf Kegan ein Bündnis eingeht, wird der Leitbuchstabe des Namens weggelassen."

„Dann nenn uns Obi-Wan und Siri", sagte Obi-Wan.

Davi griff mit beiden Händen nach Obi-Wans und Siris Unterarmen. „Ihr seid meine ersten Freunde. Vielleicht trägt das nicht zum Gemeinwohl bei. Aber ich bin froh darüber. Jetzt, wo ihr meine Freunde seid, kann ich es euch sagen: Für uns auf Kegan ist es wichtig, dass wir unseren Freunden helfen, die Wünsche ihres Herzens zu erfüllen." Er holte tief Luft. „Und deswegen, Obi-Wan und Siri, werde ich euch helfen zu entkommen. Heute Nacht."

## Kapitel 10

Das dauernde Summen hätte ihn warnen sollen. Stattdessen hatte Qui-Gon es mehr und mehr als Hintergrundgeräusch wahrgenommen und aufgehört, es zu beachten. Darauf hatten sie gebaut, nahm er an. Wenn etwas konstant auftritt, ist es leichter zu ignorieren, als wenn es zufällig erscheint.

Auf Kegan wurde alles überwacht. Die Lufthüpfer, die überall herumflogen, mussten mit optischen und akustischen Abhöreinrichtungen ausgerüstet sein. Das war die einzige Erklärung.

V-Nen und O-Melie hatten auf die einzige Art um ihre Hilfe gebeten, die ihnen möglich war: mit Blicken und Hinweisen.

Qui-Gon und Adi wagten nicht, miteinander zu sprechen, nicht einmal an der frischen Luft. Ohne ein weiteres Wort machten sie sich auf den Weg zum Kommunikations-Ring.

Qui-Gon sah sich die runden Gebäude innerhalb des Ringes an. An einem Bau zu seiner Linken erblickte er ein offenes Fenster. Er zeigte es Adi mit einer Kopfbewegung. Sie nickte.

Sie gingen in das Gebäude und erreichten durch ein Labyrinth von Korridoren schnell den Raum mit dem offenen Fenster. Sie waren sicher, dass V-Nen und O-Melie hier warten würden.

Die Tür war leicht angelehnt. Qui-Gon zögerte.

„Kommt bitte schnell herein", flüsterte V-Nen.

„Und bitte schließt die Tür", fügte O-Melie hinzu.

„Das ist ein sicheres Zimmer", sagte V-Nen, sobald die Jedi hereingekommen waren und die Tür geschlossen hatten. „Melie und ich haben Anti-Abhöreinrichtungen installiert. Die Lufthüpfer, die Euch vielleicht aufgefallen sind, sind unbemannt. Sie tragen optische und akustische Abhöranlagen. Alles, was wir sagen, wird aufgezeichnet. In unseren Häusern sind Sender, die alles zu ihnen übertragen."

Qui-Gon und Adi sahen sich an. „Wir hatten schon angenommen, dass das der Fall ist", sagte Qui-Gon. „Wie konnten die Bürger von Kegan das zulassen?"

„Es begann als Maßnahme gegen die Kriminalität", erklärte O-Melie. „Die Gesellschaft war stabil, aber nachdem wir zu einem Tauschhandelssystem übergegangen waren, gehörten Bagatelldiebstähle zur Tagesordnung. V-Tan und O-Vieve schlugen vor, dass automatische Lufthüpfer als Sicherheitseinrichtung eingesetzt werden und wir alle stimmten zu. Ursprünglich waren sie nur dazu gedacht, den Markt zu überwachen. Dann wurden sie auf den Wohn-Ring und darüber hinaus eingesetzt. Niemand hatte damit gerechnet, dass sie dazu verwendet wurden, Unterhaltungen und Aktivitäten zu überwachen. Es wurde langsam mehr – und jetzt werden wir die ganze Zeit beobachtet."

„Aber wenn alle Bürger von Kegan eine Stimme haben, hättet Ihr dann nicht später wieder dagegen stimmen können?", fragte Adi.

V-Nen schüttelte den Kopf. „Jeder Bürger hat eine Stimme, aber nur V-Tan und O-Vieve entscheiden, worüber abgestimmt wird."

O-Melie lächelte traurig. „Wir haben die Illusion einer Demokratie. Keine echte."

„Sagt uns, wie wir Euch helfen können", bat Adi höflich. „Was denkt Ihr, ist mit O-Lana geschehen?"

O-Melie und V-Nen sahen sich ängstlich an. „Wir machen uns Sorgen um ihre Sicherheit. Es gibt Gerüchte über Kinder, die verschwinden."

Qui-Gon erinnerte sich an etwas, das ihn die ganze Zeit gestört hatte. „Ist es das, was O-Yani gemeint hatte, als sie sagte, O-Lana würde nicht *verschwinden*?"

O-Melie nickte. „Manche Kinder kommen in den Lern-Ring und dann hört man nie wieder etwas von ihnen."

„Der Lern-Ring?", fragte Qui-Gon sofort. „Wo ist der?"

„Dieser Ring liegt nicht im Stadtgebiet von Kegan, sondern weiter entfernt", erklärte V-Nen. „Dort wird in einem von O-Vieve und V-Tan entwickelten Kurs unterrichtet. Dieser Kurs wurde vor ungefähr fünfzehn Jahren eingeführt. Vorher gab es keine zentrale Einrichtung und die Kinder wurden Zuhause unterrichtet."

„Wir wissen nicht, wo der Lern-Ring ist", sagte O-Melie. „Nur, dass er irgendwo auf dem offenen Land liegt. Man sagt, dass es für die Kinder besser sei, wenn die Eltern nicht dorthin kommen können. Die Kinder kommen mit vier Jahren in den Lern-Ring. Es gibt keine Ausnahmen. Mit Schulschwänzern wird hart umgesprungen."

„Deshalb sieht man auf den Straßen keine Kinder", sagte Adi.

„Obi-Wan und Siri!", rief Qui-Gon plötzlich aus. „Könnte es sein, dass sie versehentlich dorthin gebracht wurden?"

„Das wäre möglich", sagte V-Nen. „Wir hören immer, dass die Wachen, die Schulschwänzer suchen, zuerst handeln und dann Fragen stellen. Und sie werden Euren Padawanen nicht glauben, wenn sie sagen, dass sie nicht von Kegan sind. Es gibt nur ganz wenige Bürger, die wissen, dass Jedi hier sind. O-Vieve und V-Tan dachten, es wäre das Beste, wenn Eure Ankunft geheim bliebe."

„Ihr wisst ja, dass wir Euch ohne V-Tans und O-Vieves Erlaubnis kontaktiert haben", sagte O-Melie. „Wir haben darauf gebaut, dass die wohlwollenden Führer es nicht wagen würden, einen Besuch der Jedi abzulehnen. Und so war es dann auch. Sie haben Euch erlaubt zu kommen. Aber sie wollten nicht, dass wir uns allein mit Euch treffen."

„Sie sagen, es wäre zu unserem Schutz", erklärte V-Nen. „Sie glauben, dass die Jedi von Dunkelheit umgeben sind."

Qui-Gon war verblüfft. „Das verstehe ich nicht."

„O-Vieve hat Visionen von der Zukunft", erzählte O-

Melie. „V-Tan hat Träume. Und viele ihrer Voraussagen sind eingetreten. Deswegen vertrauen die Keganiten ihnen. O-Vieve hatte eine Vision von den Jedi. Sie behauptet, dass eine böse Macht all diejenigen umschließen wird, die sich in der Nähe der Jedi aufhalten. Alle Keganiten haben Angst vor den Jedi."

Also hatte Adi Recht. Das war es, was sie bei V-Haad und O-Rina gespürt hatte. Angst.

„Aber wir bezweifeln die Wahrheit von O-Vieves Vision", sagte V-Nen. „Wir wollen das Beste für unsere Tochter. Wir mussten Kontakt mit Euch aufnehmen. Wir wissen, dass Lana nicht zu einer Routine-Untersuchung mitgenommen wurde. Dann hätten wir jetzt schon längst etwas von ihr gehört."

O-Melie seufzte tief.

V-Nen nahm seine Frau schützend in den Arm. Er legte eine Hand auf ihr Haar und drückte sie sanft an sich. „Es tut mir Leid, dass ich all diese Dinge aussprechen muss, Melie", sagte er. „Aber ich weiß, dass du dasselbe denkst. Wir müssen um Lanas Willen stark sein. Wir müssen den Jedi gestatten, uns zu helfen. Wir schaffen es nicht allein."

O-Melie hob langsam den Kopf. Tränen glitzerten in ihren Augen. „Nen hat Recht", sagte sie zitternd. „Wir brauchen Eure Hilfe."

„Und dafür sind wir da", sagte Qui-Gon.

V-Nen legte seine Hand auf Qui-Gons Unterarm. O-Melie tat dasselbe bei Adi Gallia.

„Jetzt sind wir Nen und Melie für Euch", sagte V-Nen. „Unser Schicksal ist mit dem Euren verbunden."

„Wir werden Eure Tochter finden", versicherte ihnen Qui-Gon.

„Ihr müsst vorsichtig sein", sagte Nen zu ihnen. „Wir sind Teil einer Bewegung auf Kegan, die sich gegen O-Vieve und V-Tan stellt. Wir glauben, dass die Isolationspolitik falsch ist. Handel und Forschung könnten für Kegan gut sein. Die ständige Überwachung hat unsere Anti-Abschottungs-Bewegung so schwer gemacht. Es ist zwar nicht so, dass wir verhaftet werden oder uns verboten wird, über bestimmte Dinge zu sprechen – im Gegenteil V-Tan und O-Vieve bestehen darauf, dass Kegan eine offene Gesellschaft ist. Und doch werden all jene von uns bestraft, die fragen, warum man Kegan nicht verlassen darf. Sie werden in Arbeitsbereiche versetzt, die sie nicht mögen, müssen unerwartet das Haus mit jemandem teilen, ihre Anfragen werden schlecht bearbeitet … Lauter Dinge, die das Leben auf Kegan schwierig machen. Ihr könnt Euch vorstellen, dass unsere Bewegung deswegen viele Mitglieder verloren hat. Der Rest hat gelernt, vorsichtig zu sein."

„Aber jetzt sind sie zu weit gegangen", sagte Melie. „Sie haben uns unsere Tochter weggenommen. Ich will nicht mehr länger vorsichtig sein."

„V-Tan und O-Vieve haben gesagt, dass es unser Ende sein wird, wenn ein Keganite den Planeten verlässt", fuhr Nen fort. „Sie werden alles versuchen, um zu verhindern, dass Lana den Planeten verlässt."

„Wir müssen sie finden, bevor es zu spät ist", sagte Melie mit bebender Stimme.

„Aber jede Bewegung wird beobachtet", fügte Nen mutlos hinzu. „Alles, was wir sagen, wird mitgehört."

„Ich habe eine Idee", sagte Qui-Gon. „Auto-Hüpfer werden von ZIPs kontrolliert – Zentralen Instruktions-Prozessoren."

„Ja", stimmte Nen zu. „Der ZIP ist in einem bewachten Gebäude hier im Komm-Ring."

„Wenn Adi und ich den ZIP ausschalten können, müssen sie alle Auto-Hüpfer zurückrufen, bis er repariert ist. Bis dahin können die Leute ihre Informationen etwas freier austauschen. Ihr werdet in der Lage sein, Eure Gruppe zu mobilisieren und wir werden Zeit haben, Lana zu suchen."

„Qui-Gon, ich muss mit Euch reden", sagte Adi streng.

Sie zog Qui-Gon in eine Ecke.

„Ich muss diesem Plan widersprechen", sagte sie leise und in einem besorgten Tonfall. „Das ist absolut gegen die Wünsche des Rates. Wir greifen direkt in das Regierungssystem von Kegan ein, wenn wir einen ZIP ausschalten."

„Aber wie sonst können wir unsere Mission durchführen?", fragte Qui-Gon. „Bevor wir hier ankamen, wussten wir nicht, dass die Leute unter ständiger Überwachung stehen. Wir wussten nicht, dass sie von zwei mächtigen Anführern kontrolliert werden. Und unsere Padawane und ein unschuldiges Kind werden vermisst!"

Adi biss die Lippen zusammen. Sie sah nachdenklich auf den Boden.

„Adi, wir müssen sie finden", sagte Qui-Gon sanft. „Es ist die einzige Möglichkeit."

Adi hob den Kopf. Ihre dunkelbraunen Augen waren noch immer voller Zweifel. Sie sagte kein Wort.

„Ich könnte es verstehen, wenn Ihr mir nicht helfen wollt", sagte Qui-Gon entschlossen. „Aber ich werde den ZIP ausschalten. Die Frage ist: Werdet Ihr mit mir kommen?"

## Kapitel 11

Davi, Obi-Wan und Siri saßen in einer dunklen Ecke des Speisesaals.

„Worauf warten wir?", flüsterte Siri Davi zu.

„Auf die Nachtruhe", sagte Davi. „Die Lichter gehen dreimal an und aus und die Wachen haben Schichtwechsel. V-Tarz hat heute Nacht Dienst. Er wird im Wachraum im Verwaltungszentrum sitzen. Wenn irgendjemand aus den Schlafquadranten kommt, geht ein Alarm los."

„Wie sollen wir dann entkommen?", fragte Siri.

„V-Tarz wartet fünf Minuten nach der Nachtruhe, dann stellt er die Sicherheitseinrichtungen in Quadrant Sieben ab und plündert die Küche", sagte Davi grinsend. „Ich habe das in der Nacht herausgefunden, in der ich Scurry gefunden habe." Er setzte den Ferbil auf seine Hand und gab ihm ein paar Körner zu fressen. „Scurry war in der Küche. Er muss irgendwie hineingeraten sein und fand den Ausgang nicht mehr. Ich wusste, dass sie ihn, wenn sie ihn finden würden ..., beseitigen würden. Ich überlegte mir gerade, wie ich ihn behalten konnte, als die Ankündigung der

Nachtruhe kam. Also beschloss ich, die Nacht dort zu verbringen. Es gibt sechs Strafeinträge, wenn man während der Nachtruhe noch draußen erwischt wird. V-Tarz kam herein, um etwas zu essen, also habe ich mich versteckt."

„Woher weißt du, dass er das jede Nacht macht?", fragte Obi-Wan.

„Weil man im Schlafraum sieht, wie die Sicherheitsbeleuchtung ausgeht. Ich komme fast jede Nacht hierher. Manchmal habe ich ... Angst allein im Dunkeln."

„Aber du hast gesagt, dass in deinem Schlafraum noch zwanzig andere Jungen schlafen", sagte Obi-Wan.

„Ich bin trotzdem allein." Davi senkte beschämt den Kopf und streichelte den Ferbil.

„Hör zu, ich weiß, was du meinst", sagte Siri frei heraus. „Dieser Ort macht jedem Angst."

Davi sah schüchtern auf. Obi-Wan bemerkte, dass Siris offene Art Davi Sicherheit vermittelt hatte. Er hätte es niemals für möglich gehalten, dass Siri jemanden trösten konnte.

„Scurry hilft mir", sagte Davi. „Und meine anderen Tiere auch. Ich finde sie während der Freizeit im Hof. Die meisten von ihnen sind hungrig, verletzt oder haben Angst. Ich schmuggel sie hinein und verstecke sie in meinem Bett. Nachts schleiche ich mich hier herein und hole ihnen etwas zu essen. Manchmal schleiche ich mich hinaus, nur um die Sterne zu sehen."

„Wie kommst du hinaus?", fragte Obi-Wan.

„Durch die Fenster im Waschraum in Quadrant Sieben",

sagte Davi. „Man kann die Duschköpfe benutzen, um sich hochzuschwingen. Es ist leicht, draußen hinunterzuspringen. Dann müsst ihr einen Landgleiter stehlen. Ich kann euch die Koordinaten der Stadt geben."

Die Lichter gingen dreimal an und aus. Ein leises Signal ertönte.

„In fünf Minuten werden die Alarmeinrichtungen dieses Stockwerks aktiviert", flüsterte Davi. „Aber V-Tarz wird sie wieder abstellen. Ich zeige euch den Weg."

„Warum kommst du nicht mit uns, Davi?", fragte Siri.

Davi wich zurück. „Warum sollte ich das tun?"

„Willst du nicht herausfinden, was wirklich in der Galaxis los ist?", fragte Siri. „Willst du keine Möglichkeit haben, das zu tun, was du tun möchtest?"

„Aber die Galaxis ist ein gefährlicher Ort", gab Davi zurück.

„Einige Teile davon sind gefährlich", sagte Obi-Wan. „Nicht alle."

„Auf Corsucant, wo wir leben, gibt es Einrichtungen, wo Waisen neue Eltern bekommen", sagte Siri. „Du könntest wieder eine Familie haben. Du könntest deine Haustiere behalten – und mit Tieren arbeiten."

„Ich *habe* eine Familie", sagte Davi nervös. „Das Gemeinwohl ist eine Familie."

„Aber Davi, hier im Lern-Ring werden dir Lügen beigebracht", sagte Siri. „Vertraust du uns nicht?"

„Es ist nicht so, dass ich euch nicht vertrauen würde", sagte Davi besorgt. „Aber das mächtige Böse, das die Galaxis kontrolliert, könnte euch Dinge erzählen, die nicht stimmen. Fehlinformationen werden verstreut, um die Völker zu verwirren und hörig zu machen."

„Aber das ist genau, was *hier* geschieht", protestierte Siri.

„Wenn ich gehe, werden die maskierten Soldaten kommen und Kegan angreifen", sagte Davi und schüttelte den Kopf. „Das ist die Vision von O-Vieve und V-Tan. Niemand darf den Planeten verlassen. Das Gemeinwohl wird darunter leiden und die Invasoren werden kommen."

Siri und Obi-Wan sahen sich frustriert an. Davi war schon zu lange im Lern-Ring unterrichtet worden. Er konnte das, was sie ihm erzählt hatten, nicht als wahr akzeptieren.

Sie hörten die dumpfen Schritte von V-Tarz. Der schwergewichtige Keganite ging durch den Speisesaal in Richtung Küche. Obi-Wan verhielt sich vollkommen ruhig. In nur ein paar Minuten würden er und Siri frei sein.

Wenn alles nach Plan lief ...

Plötzlich unterbrach eine Stimme die Stille. „V-Tarz!"

Ein zweiter Wachmann stand in der Tür. „Was machst du hier?"

„Sicherheitsalarm in der Küche", sagte V-Tarz schnell. „Vielleicht nur eine Fehlfunktion. Vielleicht der Infrarot-Alarm. Ich wollte nur nachsehen."

„Ich gehe mit dir. Eine neue Anweisung sagt, dass ab sofort zwei Wachen während der Nachtruhe unterwegs sein müssen. Wir schalten Quadrant Sieben besser schnell wieder an." Der andere Wachmann ging auf V-Tarz zu.

„Kein Snack für V-Tarz", murmelte Siri.

„Wir sollten in unser Schlafquartier zurückgehen", meinte Davi nervös. „Heute Nacht können wir nicht verschwinden. Es tut mir Leid. Letzte Nacht hatten sie nur eine Wache."

Sie warteten, bis die Wachen um die Ecke gebogen waren. Dann führte Davi sie aus dem Speisesaal.

„Wir können durch das Verwaltungszentrum zurück zu den Schlafräumen gehen", erklärte er. „Schnell, sie werden nicht lange brauchen, um die Sicherheitssysteme in der Küche zu checken."

Sie eilten durch die Gänge in das Verwaltungszentrum, einen runden Raum in der Mitte des Gebäudes. Alle Quadranten liefen an diesem Ort zusammen.

„Wir sind fast da", sagte Davi, als sie zu der Tür rannten, die zum Schlafquadranten Sieben führte, in dem sie alle untergebracht waren.

Aber dann hörten sie hinter sich vertraute Schritte. Die Zeit reichte nicht, um es bis zur Tür zu schaffen. Davi sprang schnell hinter eine Reihe von Tischen. Siri folgte ihm. Obi-Wan, der hinter ihnen lief, versteckte sich hinter einer Regalwand voller Datenordner.

Sie hörten V-Tarz grummeln, als er auf die Sicherheitskontrollen zuging.

„Den Infrarot-Check durchführen", brummte er. „Alles in Ordnung mit dem Infrarot-System. Nicht in Ordnung ist, dass ich verhungere."

„V-Tarz? Bist du da?" Die Stimme kam aus dem Comlink an der Konsole.

„Ich bin hier."

„Lass den Check laufen."

„Läuft", sagte V-Tarz. „Du Idiot."

„Was?"

„Nichts. Der Check läuft." V-Tarzs Magen knurrte. Er seufzte.

Obi-Wan lehnte sich gegen die Konsole, um darum herum zu spähen. Könnten sie an V-Tarz vorbeikommen? Nicht, wenn er seinen Standort beibehielt. V-Tarz hatte einen hervorragenden Blick auf die Tür, durch die sie hindurch mussten.

Als sich Obi-Wan wieder hinter dem Regal versteckte, berührte er eine Kiste, die bis oben hin mit Datenordnern gefüllt war. Einer davon fiel hinunter. Obi-Wans Reflexe waren hervorragend und so fing er den Ordner geräuschlos mitten in der Luft auf.

Es war ein Ordner über jemanden namens O-Uni. Obi-Wan blätterte ihn leise durch. Das Mädchen bekam von seinen Lehrern exzellente Beurteilungen. Ein paar Besuche im Med-Ring. Dann ein Papier, das mit einem Stempel versehen war: NEU EINGESTUFT FÜR DEN INTENSIV-LERN-RING.

Obi-Wan legte den Ordner vorsichtig wieder zurück. Der Intensiv-Lern-Ring? Was war das?

„Check beendet", sagte V-Tarz in den Comlink. „Keine Probleme."

„Verstanden. Ich mache noch einen letzten Check in der Küche und dem Speisesaal, bevor ich zurückgehe."

„Ich komme mit."

„Mach dir keine Mühe. Ich schaffe das auch allein."

„Nicht verstanden. Ich überprüfe die Küche." V-Tarz schaltete den Comlink ab. „Vielleicht kann ich ein paar Gemüsefladen ergattern, wenn du gerade nicht hinsiehst, Spielverderber."

Er schlurfte davon. Davi steckte sofort den Kopf heraus.

„Lasst uns gehen", zischte er.

Sie liefen zur Tür, aber Obi-Wan hielt Davi einen Moment lang zurück. „Was ist der Intensiv-Lern-Ring?"

„Ich bin mir nicht sicher", sagte Davi. „Aber ich weiß, dass da niemand enden will. Man kommt dorthin, wenn man genügend Strafeinträge hat. Aber manchmal werden auch Kinder dorthin geschickt, die überhaupt keine Schwierigkeiten machen. Niemand weiß, weshalb." Er schüttelte sich. „Aber keiner kommt zurück."

## Kapitel 12

Der Morgengong zerriss die Stille noch vor Sonnenaufgang. Die Schüler warfen sofort ihre Decken zurück, standen auf und stellten sich in Reihen an die Waschbecken an der Wand.

Obi-Wans Gedanken waren schon klar, aber er spürte den Schock des kalten Wassers auf seiner Haut. Der nächste Gong ertönte – das Signal, sich anzuziehen und innerhalb von drei Minuten im Speisesaal zu erscheinen. Davi hatte ihnen in der letzten Nacht, bevor sie sich getrennt hatten, erklärt, was man von ihnen erwartete.

Obi-Wan dachte darüber nach, wie anders das Leben im Tempel gewesen war. Dort war morgens ein sanftes Licht langsam angegangen und wie eine aufgehende Sonne immer heller geworden. Alle Schüler hatten eigene Unterkünfte, weil die Privatsphäre respektiert wurde. Der frühe Morgen war eine Zeit der Meditation und leichter Körperübungen, bevor der Tag begann. Er war nicht voller kaltem Lärm und Hast.

Hier schienen sich die Schüler nicht an dem abrupten Tagesbeginn und dem strikten Plan zu stören, dem sie folgen mussten. Sie schienen den Kontrast zwischen dem Lächeln der Lehrer und ihren scharfen Anweisungen nicht zu bemerken. Und niemandem schien das Essen etwas auszumachen.

Auf der anderen Seite des Raumes saß Siri mit den anderen Mädchen. Sie hob einen Löffel mit zermahlenen Körnern und zeigte Obi-Wan eine Grimasse. Er lächelte still vor sich hin.

„Zwei Strafeinträge, V-Obi", sagte einer der Aufseher und tippte etwas in ein Datapad. „Während der Mahlzeiten konzentrieren wir uns auf das Essen. Interaktion mit anderen findet in der Freizeit statt."

Obi-Wan kaute auf dem geschmacklosen Essen herum. Siri hatte Recht. Sie mussten hier verschwinden.

„Heute spielen wir ‚Reaktionszeit'", verkündete O-Bin. „Ihr alle wisst, wie das geht. Ein Thema wird auf eurem Datenschirm erscheinen. Wer den Antwortknopf zuerst drückt, erzählt der Klasse, welche wichtigen Fakten zu dem Thema gehören. Viel Glück."

Obi-Wan sah den Datenschirm an. CORUSCANT erschien darauf. Er drückte nicht auf seinen Antwortknopf. Er musste heute versuchen, nicht die Aufmerksamkeit der Lehrer auf sich zu lenken.

Jedi-Reaktionen waren blitzschnell. Das Licht auf Siris Datenschirm leuchtete als erstes. Obi-Wan warf ihr einen warnenden Blick zu, doch sie ignorierte ihn.

O-Bin war offensichtlich nicht erfreut darüber, Siri aufrufen zu müssen. „O-Siri?", fragte sie durch zusammengekniffene Lippen.

„Coruscant ist eine Welt, die aus einer einzigen Stadt besteht. Sie ist die Heimat des Galaktischen Senats. Milliarden von Lebewesen wohnen auf Coruscant. Es ist bekannt für seine Regierung und Kultur sowie seine hervorragenden Transport- und Sicherheitssysteme ..."

„Ich muss dich unterbrechen, O-Siri", sagte O-Bin mit einem Lächeln. „Das ist alles falsch. Kann irgendjemand O-Siri korrigieren?"

Datenschirmlichter flimmerten überall im Klassenzimmer auf. O-Bin sah auf ihren Schirm, um herauszufinden, wer der Erste gewesen war. „V-Mina?"

„Coruscant ist eine Welt voller Korruption", sagte V-Mina. „Die Sklaverei ist dort legal."

„Richtig", sagte O-Bin.

Siris Gesicht war feuerrot. Obi-Wan sah sie beschwichtigend an. Sie mussten beide still bleiben. Sie durften nicht noch mehr Aufmerksamkeit auf sich lenken.

JEDI-ORDEN.

Dieses Mal ignorierte O-Bin Siris Licht absichtlich. „V-Taun?"

„Der Jedi-Orden ist von Dunkelheit umgeben. Er ..."

Siri sprang auf. „Der Weg der Jedi dient dem Wohl der Galaxis!"

„Setz dich, O-Siri! Fünf Strafeinträge! Und du weißt, was das bedeutet ..."

Obi-Wan stöhnte laut.

„Küche putzen nach dem Mittagessen", zischte O-Bin durch die Zähne. „Und V-Obi, aus deinem Stöhnen entnehme ich, dass du O-Siri gern zur Hand gehen möchtest. Das ist auch viel besser für das Gemeinwohl."

„Ich *kann* meinen Mund halten", sagte Siri später zu Obi-Wan. „Aber ich will es nicht. Was ist daran so schrecklich, dass wir Geschirr abwaschen? Zumindest müssen wir nicht im Unterricht sitzen und zuhören, wie uns O-Bin erzählen will, dass die Kernwelten korrupt sind."

Obi-Wan sah sich die Stapel von Tellern an, die mit den Überresten des Abendessens verkrustet waren. Es war das zweite Mal an diesem Tag, dass ihnen Abwaschdienst verordnet wurde. „Ich glaube, ich möchte lieber im Unterricht sitzen."

„Ich habe eine Idee." Siri warf das Handtuch in die Spüle. „Lass uns das Geschirr vergessen und abhauen. Heute Nacht. Wenn es uns nicht gelingt, den Vielfraß V-Tarz zu überlisten, dann verdienen wir es nicht, Jedi zu sein."

„In Ordnung", stimmte er zu.

„Obi-Wan, du musst manchmal auf mich hören. Du bist nicht der Einzige, der ..." Siri stockte. „Was? Hast du mir etwa gerade zugestimmt?"

Obi-Wan nickte. „Du hast Recht. Wir haben gesehen, wie das Sicherheitssystem funktioniert. Lass es uns tun. Qui-Gon und Adi müssen inzwischen ziemlich besorgt sein."

„Es wird jetzt zwei Wachen geben", sagte Siri. „Und V-

Tarz wird nicht in der Lage sein, seinen Imbiss einzunehmen. Was hast du vor?"

„Der andere Wachmann denkt, dass das Sicherheitssystem letzte Nacht eine Fehlfunktion hatte. Aber sie wissen nicht, wo das Problem liegt, stimmt's?"

Siri nickte.

„Also lass uns ein echtes Problem schaffen", sagte Obi-Wan „Dann müssen sie das System abschalten, um es durchzuchecken und zu reparieren. In der Zwischenzeit schleichen wir uns aus dem Fenster im Waschraum."

„Wie können wir das System manipulieren? Wir können uns jetzt nicht ins Verwaltungszentrum schleichen. Es ist voller Lehrer."

„Wir müssen es hier manipulieren", sagte Obi-Wan, während er sich in der Küche umsah. „Irgendwelche Ideen?"

Sie untersuchten die Sicherheitseinrichtungen in den Ecken der Decke.

„Sagte V-Tarz nicht etwas über einen Infrarot-Sensor?", fragte Siri.

„Er hat behauptet, dass er eine Fehlfunktion haben könnte", sagte Obi-Wan.

„Können wir nicht irgendetwas manipulieren, damit der Alarm wieder losgeht?" Siri ließ ihre Hand über den großen Warmhalter gleiten. „Was wäre, wenn wir die Öfen auf eine niedrige Stufe einschalten würden? Sie würden den Raum aufheizen und plötzlich würden die Infrarot-Detektoren Alarm auslösen. Sie müssten das System abschalten, um es herauszufinden."

„Einfach, aber genial", sagte Obi-Wan. „Lass es uns tun. Aber wir sollten vorher den Abwasch erledigen. Wenn ein Wachmann hereinkommt, um unsere Arbeit zu überprüfen, merkt er vielleicht, dass die Warmhalter angeschaltet sind."

„Ich wusste, dass die Sache einen Haken hat", brummte Siri.

Die beiden erledigten ihre Aufgabe schnell. Die Warnlichter blinkten zur Nachtruhe und sie liefen in ihre Schlafquartiere. Vor dem Verwaltungszentrum blieben sie stehen.

„Wir haben keine Zeit, um uns von Davi zu verabschieden", sagte Siri besorgt.

„Er wird wissen, was passiert ist, wenn er herausfindet, dass wir verschwunden sind", antwortete Obi-Wan. „Wir können mit Qui-Gon und Adi Gallia zu ihm zurückkommen. Wir treffen uns hier in einer halben Stunde, nachdem das Licht ausgeschaltet wird. Dann gehen wir zum Ausgang bei Quadrant Sieben."

Siri nickte. Obi-Wan ging zu seinem Schlafraum. Er schaffte es, ins Bett zu schlüpfen, bevor die Lichter ausgingen. Er wartete und hörte auf das langsame Atmen um ihn herum. Die Schüler arbeiteten tagsüber so hart, dass sie abends innerhalb von Minuten einschliefen.

Schließlich ging das Sicherheitslicht aus. Obi-Wan zog seine Stiefel an und schlich sich auf Zehenspitzen hinaus. Er zögerte neben Davis Liege. Es war besser, ihn nicht aufzuwecken. Alles Mögliche konnte schief gehen und er wollte Davi nicht in Schwierigkeiten bringen.

Als er den Korridor vor dem Verwaltungszentrum erreichte, wartete Siri bereits auf ihn.

„Ich habe gerade gesehen, wie V-Tarz und der andere Wachmann losgingen, um den Sensor zu checken", sagte sie. „Wir haben freie Bahn."

Sie liefen schnell den langen Korridor an den anderen Schlafräumen entlang. Der Waschraum lag am Ende des großen, runden Gebäudes. Sie hatten ihn beinahe erreicht, als sie das Knarren einer sich öffnenden Tür hörten.

Ohne auch nur einen Sekundenbruchteil zu zögern, sprangen Obi-Wan und Siri hinter die Biegung des Korridors, wo sie außer Sicht waren. Sobald sie auf dem Boden aufgekommen waren, begannen sie zu laufen. Wenn jemand sie gesehen oder gehört hatte, würden vielleicht die Sicherheitswachen auf den Plan treten. Jeder Schüler war angehalten, die anderen zu informieren.

Aber würden sie es tun?

Ein Alarm durchschnitt die Stille. Die Tür des Waschraums war in Sicht. Sie rannten darauf zu. Doch bevor sie die Tür erreicht hatten, kamen von überall her Wachen in den Gang und umstellten sie.

Sie könnten kämpfen. Doch das würde bedeuten, dass sie ihre Lichtschwerter ziehen mussten. Obi-Wan zögerte noch immer, das zu tun, da Yoda sie davor gewarnt hatte. Es musste eine bessere Möglichkeit geben. Er sah, wie Siris Hand zum Griff ihres Lichtschwerts glitt und schüttelte den Kopf. Aber würde Siri auf ihn hören?

Schüler strömten in den Korridor, um zu sehen, wer die

Aufregung verursacht hatte. O-Bin und ein paar andere Lehrer kamen in Schlafkleidung heraus.

„Diese beiden kenne ich allzu gut", sagte O-Bin. „Was macht ihr nach der Sperrstunde im Korridor?"

Eine zitternde Stimme erklang hinter ihnen. „Ich war es."

Sie drehten sich um. Da stand Davi, blickte nervös auf den Boden und traute sich nicht, O-Bin anzusehen.

„Ich war auf dem Weg zur Speisevorbereitung", sagte Davi. „Da ... da habe ich etwas vergessen."

„Und ob er das hat!" V-Tarz stürzte vor. „Er hat alle Warmhalte-Öfen angelassen. Hat die Sensoren alarmiert!"

O-Bin legte ihr belehrendes Lächeln auf. „Das ist sehr nachlässig von dir, V-Davi. Wir müssen uns beraten und herausfinden, wie viele Strafeinträge du dafür bekommst."

„Ich weiß", murmelte Davi. „Mir ist klar, dass ich das Gemeinwohl gefährdet habe. Ich bin voller Reue."

„Nun denn. Wir werden das morgen besprechen." O-Bin klatschte in die Hände. „Alle zurück in eure Unterkünfte."

Mitten im Strom der Schüler bahnten sich Obi-Wan und Siri ihren Weg zu Davi.

„Warum hast du das getan?", flüsterte Siri.

„Ich habe nicht so viele Strafeinträge wie ihr", flüsterte er zurück.

„Davi", fragte Obi-Wan, „warum hast du deine Stiefel und deine Tunika an?"

„Ich habe dich gehen sehen", sagte Davi. „Ich wusste, dass ihr ausbrechen würdet. Ich wollte mit euch kommen!"

„V-Davi!" O-Bins Stimme klang schrill. „Wenn du deinen

Ungehorsam bereuen möchtest, dann solltest du nicht mit zwei Schülern sprechen, die nur Schwierigkeiten machen!"

Mit einem letzten Blick Richtung Obi-Wan und Siri zog sich Davi zurück. Doch plötzlich schoss etwas aus seiner Tasche. Obi-Wan wusste sofort, was es war: Davis Hausferbil Scurry. Davi wollte den Lern-Ring natürlich nicht ohne sein Tier verlassen.

„Was ist das?", zischte O-Bin. „Fang es!"

Davi beugte sich auf Hände und Knie. Er machte ein zirpendes Geräusch mit dem Mund und hielt die Hände zu einer kleinen Höhle zusammen. Der Ferbil lief hinein.

„Das", sagte O-Bin, „ist ein Haustier."

Davi schwieg. Sein Gesicht lief rot an.

„Es ist nur ein kleiner Ferbil", sagte Siri.

„Zwei Strafeinträge, O-Siri. Ich habe nicht mit dir gesprochen. V-Tarz!"

V-Tarz polterte nach vorn. „Bitte durchsuche V-Davis Schlafbereich", befahl O-Bin.

Obi-Wan und Siri folgten ihm. Während die Schüler herumstanden, dauerte es nicht lange, bis V-Tarz zwei schillernde Echsen, einen weiteren jungen Ferbil und einen Beutel mit Körnern fand.

O-Bin presste die Lippen zusammen. „Was sagen wir dazu, Schüler?"

Alle Schüler sahen Davi an.

„SCHANDE, SCHANDE, SCHANDE", wiederholten sie immer wieder.

„Nehmt ... diese ... Dinger", sagte O-Bin zu V-Tarz,

während sie ein Lächeln zwischen den Zähnen hervorpresste, „und schafft sie weg."

V-Tarz hob die Echsen auf und steckte beide Ferbils in seine Taschen.

„Nein!", rief Davi. „Bitte ..."

„SCHANDE, SCHANDE, SCHANDE."

Die Ferbils piepten ängstlich in V-Tarzs Tasche.

Davis Augen wurden feucht. Langsam rannen ihm Tränen die Wangen hinunter. „Bitte", flüsterte er.

Kaum waren am nächsten Morgen die Lichter angegangen, war Obi-Wan schon bei Davis Liege, um ihm ein paar aufmunternde Worte zu sagen. Sie würden einen Weg hier heraus finden. Sie würden ihn mitnehmen.

Doch Davi war verschwunden.

## Kapitel 13

Qui-Gon und Adi versteckten sich hinter einer niedrigen Mauer und sahen zu dem Hochsicherheitsgebäude hinüber, in dem sich der ZIP befand. Nen hatte sie durch verschiedene Kontrollposten geschleust, aber er war nicht autorisiert, das Gebäude zu betreten. Es war jetzt an ihnen, an den Wachen vorbeizukommen.

„Wir dürfen keinen Keganiten angreifen", murmelte Adi. „Wir müssen die Macht benutzen, um die Sicherheitsposten zu umgehen."

„Da ist nur ein Wachmann", sagte Qui-Gon. „Das sollte nicht schwer sein. Auf Kegan ist man ungesetzliche Handlungen nicht gewöhnt."

Sie schlenderten auf den Wachmann zu.

„Seid gegrüßt", sagte Qui-Gon. „V-Tan und O-Vieve haben uns zu Beobachtungen hierher geschickt. Ihr seid glücklich, uns passieren zu lassen."

„Ich bin glücklich, Euch passieren zu lassen", sagte der Wachmann, der dem Gedankentrick nachgab. Er winkte sie durch den Eingang.

Als sie drin waren, fanden Qui-Gon und Adi schnell den Zentralen Instruktions-Prozessor. Adis Finger flogen über die Tastatur, als sie eine Reihe gegensätzlicher Instruktionen eintippte.

„Das müsste alle Lufthüpfer zu verschiedenen Landeplätzen schicken", sagte sie. „Ich möchte nicht, dass sie in ein Wohngebiet stürzen. Dieses Programm wird das technische Personal ziemlich verwirren und uns etwas Zeit verschaffen."

„Wie lange?", fragte Qui-Gon.

Adis Augen blieben auf den Datenschirm gerichtet. „Schwer zu sagen. Zwei Stunden, vielleicht drei. Sie sind technisch nicht so fortschrittlich, also müsste es sie etwas Zeit kosten."

„Ich möchte nicht, dass noch eine Nacht vergeht, bevor wir unsere Padawane gefunden haben", sagte Qui-Gon grimmig.

Adi stimmte ihm schweigend zu. „Wir werden sie finden. Und Lana ebenfalls."

Als Adi fertig war, wollte sie Richtung Ausgang gehen, doch Qui-Gon blieb an einer Tür mit der Aufschrift ARCHIV ZENTRALE INSTRUKTIONSDATEN stehen.

„Lasst uns hier einen kurzen Blick hineinwerfen", sagte er. „Wir könnten einen Hinweis finden."

Der Raum war voller holografischer Dateispeichereinheiten. Sie waren mit einem Datum versehen und alphabetisch geordnet. Qui-Gon griff auf einen der Datenordner zu, Adi auf einen anderen.

„Es gibt einen Datensatz über jeden Bürger von Kegan", staunte Adi Gallia. „Aufgezeichnete Gespräche ..."

„Mit wem sie sich treffen, mit wem sie essen ...", sagte Qui-Gon, als er auf den nächsten Datensatz zugriff.

„Was sie benutzen, was sie essen ..."

„Was ihre Kinder in der Schule schreiben ..."

Qui-Gon sah die Datei eines dreizehnjährigen Mädchens namens O-Nena durch. „Hat uns Nen nicht etwas über den Lern-Ring erzählt?"

Adi Gallia pflichtete ihm murmelnd bei, während sie sich eine Datei ansah. „Habt Ihr herausgefunden, wo dieser Ring ist?"

„Nein", sagte Qui-Gon. „Aber hier ist ein Hinweis auf einen *Intensiv*-Lern-Ring. Was könnte das wohl sein?"

„Das klingt wie etwas, was wir überprüfen sollten."

„Lasst uns nach Lana suchen", schlug Qui-Gon vor und tippte sich durch Dateien, um ihren Namen zu finden. „Hier ist nichts über sie."

„Ich versuche es mit Melie und Nen." Adi durchsuchte ihre Dateien. Ein Name nach dem anderen blinkte auf. „Hier. Ich nehme Nen, Ihr nehmt Melie." Sie las sich den Datensatz so schnell wie möglich durch.

Qui-Gon tat dasselbe mit seinem. „Viele aufgezeichnete Gespräche", sagte er. „Aufzeichnungen von Treffen mit anderen Dissidenten. Und Aufzeichnungen all unserer Unterhaltungen in ihrem Haus. Aber nichts über Lana. Nicht einmal die Aufzeichnung ihrer Geburt."

„Sie haben all diese Informationen gelöscht." Adi sah

Qui-Gon an. „Das gefällt mit nicht. Es ist, als hätten sie jeden Beweis ihrer Existenz ausgelöscht."

„Außer in der Erinnerung ihrer Eltern."

Die beiden Jedi schlossen gleichzeitig ihre Datensätze.

„Wir haben jetzt wirklich keine Zeit mehr zu verlieren", sagte Adi.

Sie verließen das Gebäude und gingen hastig zu Nens und Melies Wohnung. Adi erklärte ihnen schnell, dass die Auto-Hüpfer für mindestens zwei Stunden außer Gefecht waren.

„Wir versammeln so viele Dissidenten wie wir können", sagte Nen. „Wir versuchen herauszufinden, ob jemand Eure Padawane gesehen hat."

„Wir müssen herausfinden, wo der Lern-Ring liegt", sagte Qui-Gon. „Ich habe das Gefühl, dass dort der Schlüssel liegt. Habt Ihr jemals etwas von einem Intensiv-Lern-Ring gehört?"

„Irgendjemand hat ihn einmal erwähnt", sagte Nen. „Aber niemand weiß genau, wo er liegt. Eine Art Ausbildungseinrichtung."

„Die Mütter reden darüber", sagte Melie. „Sie sagen, wenn ein Kind dorthin kommt, darf man keinen Kontakt mehr aufnehmen. Glaubt Ihr, dass Lana dort ist?"

O-Yani, die ältere Pflegerin, stand in der Tür. „Nein", flüsterte sie.

Melie drehte sich um. Ihr Blick war auf einmal stechend. „O-Yani, dein Enkel V-Onin wurde vor sechs Jahren zum Intensiv-Lern-Ring geschickt."

„Es war nicht meine Schuld, dass er krank war", sagte O-Yani schnell.

„Ich weiß", gab Melie sanft zurück. „Ich habe gesehen, wie sehr du dich um ihn gekümmert hast. Warum wurde er fortgeholt?"

„Es war besser so für das Gemeinwohl", sagte O-Yani sofort.

„O-Yani, wir haben die Auto-Hüpfer ausgeschaltet", sagte Qui-Gon. „Ihr hört sie doch nicht mehr fliegen, oder? Ihr könnt frei sprechen."

O-Yani schwieg. Sie sah aus dem Fenster, suchte Auto-Hüpfer und horchte nach deren typischen Geräuschen. „Sie haben mir diese Arbeit gegeben. Ich arbeite gern mit Kindern", meinte sie voller Wehmut.

„Du wirst deine Arbeit nicht verlieren", sagte Nen zu ihr. „Wir wissen, dass es nicht deine Schuld war, was mit Lana geschehen ist."

„Aber wenn du weißt, wo sie ist, dann sag es uns bitte", bat Melie.

„Die Mediziner wussten nicht, wie sie Onin behandeln mussten. Sie sagten, sie hätten einen Ort, zu dem er hingehen konnte ... einen Ort, an dem Forschung betrieben wird. Was hätten wir tun sollen?" O-Yanis Gesicht war leer. „Ich habe ihn nie wieder gesehen."

„Weißt du, wohin sie ihn gebracht haben?", drängte Melie.

„Eines Tages kam ein Händler und klopfte an meine Tür", sagte O-Yani. „Er hatte auf dem Land einen Jungen gesehen, der mit ein paar Führern reiste. Die Führer hatten Probleme mit ihrem Landgleiter und waren damit beschäftigt, ihn zu reparieren. Der Junge hielt den Händler an. Er gab ihm etwas und bat ihn, es mir zu bringen. Ein Abschiedsgeschenk."

„Was war es?", fragte Nen.

„Wildblumen", sagte O-Yani. „Ich habe sie in einem Buch getrocknet. Wartet."

Sie verschwand und kam einen Augenblick später mit einem ledergebundenen Buch wieder. Sie öffnete es und holte eine zarte, gepresste Blume hervor.

„Darf ich sie einmal sehen?", fragte Melie respektvoll. Nachdem O-Yani zögerlich genickt hatte, nahm sie die Blume in die Hand und untersuchte sie. „Ich kenne diese Blüte. Sie stammt von einem Calla-Baum. Diese Bäume wachsen nur auf der höchsten Hochebene von Kegan. Das ist ungefähr eine Stunde mit dem Landgleiter von hier."

Dank des schnelleren Fortbewegungsmittels der Jedi, so kalkulierte Qui-Gon, konnten sie die Strecke in der Hälfte der Zeit zurücklegen. „Wie groß ist die Hochebene?", fragte er.

„Mit dem richtigen Fahrzeug und entsprechenden Sucheinrichtungen kann man sie innerhalb von Minuten komplett absuchen", antwortete Melie. „Sie ist nicht sonderlich groß."

„Lasst uns gehen", sagte Qui-Gon zu Adi.

Plötzlich flog die Tür auf. Sechs Wachmänner stürmten ins Zimmer.

„Qui-Gon Jinn und Adi Gallia! Wir sind hier, um Euch zum hohen Gericht zu eskortieren. Ihr wurdet der Gedankenkontrolle für schuldig befunden. Folgt uns ohne Aufsehen oder Ihr werdet erschossen."

## Kapitel 14

Siri nutzte das Gedränge der Schüler, die den Speisesaal verließen, um sich näher an Obi-Wan heranzuschleichen.

„Davi wurde zum Intensiv-Lern-Ring gebracht", sagte sie leise zu ihm. „Ich habe gehört, wie O-Bin mit einem anderen Lehrer sprach. Wir müssen etwas unternehmen."

„Ich dachte, du wolltest ausbrechen", sagte Obi-Wan.

Siri biss sich auf die Lippen. „Nicht bevor wir Davi gefunden haben."

„Das sehe ich auch so", stimmte Obi-Wan ihr zu.

„Ich glaube, der Intensiv-Lern-Ring ist genau hier, im Lern-Ring", sagte Siri zu ihm.

„Wir haben heute Freizeit. Wir sollten versuchen, uns wegzuschleichen und ein paar Erkundigungen anzustellen", schlug Obi-Wan vor. „Mach aber heute keine Schwierigkeiten im Unterricht, sonst haben wir wieder Abwaschdienst."

Siri nickte. Sie gingen in ordentlichen Zweierreihen ins Klassenzimmer. Der Morgen zog sich in die Länge. O-Bin sah während des Unterrichts immer wieder Siri an und wartete, dass sie Einspruch erheben würde. Doch Siri blieb still und zeigte ein fröhliches Gesicht. Obi-Wan spürte, dass sich einige Schüler fragten, ob Siri wohl eingelenkt und O-Bin den Kampf gewonnen hatte.

Schließlich war der Unterricht zu Ende und die Schüler versammelten sich draußen. Die Freizeit bestand daraus, dass man einen Pfad entlanglief, der den größten Teil des Lern-Ringes umspannte. An diesem Pfad waren verschiedene Stationen aufgebaut, die Balance, Koordination und Kraft testeten. Die Schüler liefen nicht gegeneinander, sondern gegen ihre eigenen letzten Zeiten. Jeder trug einen Sensor, der den Fortschritt nach jeder Runde aufzeichnete. Die Sensoren waren mit einer großen Anzeigetafel verbunden. Ziel war es, fünf Runden zu schaffen. Dann hatten sie frei und konnten durch den Teil des Ringes streifen, der für Aktivitäten im Freien geschaffen war.

Viele Klassen liefen gleichzeitig auf der Strecke. Mehrere Lehrer überwachten sie, aber die waren eher daran interessiert, in der Sonne zu sitzen und zu trinken oder sich miteinander zu unterhalten, anstatt die Schüler zu beobachten.

„Lass uns die Strecke so schnell laufen, wie wir können", schlug Obi-Wan vor. „Je früher unsere fünf Punkte registriert sind, desto mehr Freizeit haben wir."

Obi-Wan und Siri liefen mühelos Seite an Seite. Innerhalb von Sekunden hatten sie alle anderen überholt. Sie erreichten die erste Station, einen dünnen Balken, der ein paar Meter über dem Boden angebracht war. Der Balken war krumm. Hier sollte die Balance getestet werden. Ohne aus dem Tritt zu geraten, sprangen Obi-Wan und Siri darauf, landeten vollkommen ausbalanciert und liefen ohne Pause über alle Drehungen und Biegungen hinweg. Siri sprang am anderen Ende mit einem Salto in die Luft und landete sauber auf dem Boden. Obi-Wan folgte ihr auf dem Fuß.

Die nächste Station war eine Durastahl-Wand, die kleine Handgriffe und Fußrasten als Kletterhilfen hatte. Sie glänzte in der Sonne.

„Ich glaube, sie ist beschichtet, damit sie glatter wird", sagte Obi-Wan zu Siri, während sie nebeneinander herliefen. „Könnte schwer zu klettern sein."

Sie grinste. „Warum machst du dir Sorgen?"

Mit Hilfe der Macht sprang Siri ab und landete oben auf der Wand. Dann sprang sie wieder hinunter. Obi-Wan folgte ihr. Auch er landete oben auf der Wand und mit Leichtigkeit wieder auf dem Boden.

Sie lagen jetzt weit vorn. Die Laufstrecke war eine leichte Übung für sie. Sie hatten schon von klein auf im Tempel Gleichgewicht und Koordination trainiert. Sie beendeten die erste Runde und ihr Ergebnis wurde aufgezeichnet. Bald hatten sie die anderen zum ersten Mal überrundet.

Siri und Obi-Wan liefen Runde um Runde. Die Bahn war voller Schüler, die schnellsten von ihnen waren in der zweiten Runde, die langsameren noch in der ersten. Es war ein Leichtes, in der Menge unterzutauchen.

Als sie die letze Runde abgeschlossen hatten, joggten sie noch weiter, bis sie in einen Bereich kamen, der etwas von der Stelle entfernt war, an der die Lehrer auf Bänken in der Sonne saßen. Schließlich schlenderten sie einfach davon.

Sie fanden Tech-Kuppeln, Klassenzimmer, Sicherheitsposten, Schlafunterkünfte für Arbeiter, Lagerhütten und eine Landeplattform. Doch nirgends fanden sie ein Gebäude, das der Intensiv-Lern-Ring hätte sein können.

„Vielleicht habe ich mich getäuscht", sagte Siri entmutigt. „Aber O-Bin hat deutlich gesagt, dass Davi seine Sachen gepackt hat und V-Tarz ihn zu Fuß dorthin begleitet hat. Sie haben keinen Gleiter benutzt."

„Wir haben den größten Teil des Geländes abgesucht", sagte Obi-Wan. „Der Rest besteht nur aus Garten- und Ackerland für die Nahrungsmittelproduktion."

Siri sah über die Felder. „Ist Quinto-Korn auf Kegan wertvoll?", fragte sie.

„Nicht besonders", sagte Obi-Wan. „Es ist eine Nutzpflanze auf Kegan. Daraus werden diese Gemüsefladen gemacht, die du so sehr magst."

„Wenn es nicht wertvoll ist, warum wird es dann von zehn Wachposten bewacht?", fragte Siri.

Obi-Wan sah in die Ferne. Siri hatte mit ihrem scharfen Blick zehn Wachposten gesehen, die im Feld standen.

„Lass uns näher herangehen", schlug er vor.

Im Schutz des Quinto-Korns schlichen sie sich an die Wachen heran. Als sie näher kamen, nahmen sie ihre Elektro-Ferngläser von den Gürteln.

Die Wachen standen zehn Schritte entfernt. Sie schienen gelangweilt zu sein. Einer von ihnen gähnte. Ein anderer wippte mit dem Fuß.

„Ich sehe nichts Ungewöhnliches", sagte Siri.

„Sieh dir den Boden neben dem dritten Wachmann an, der mit dem Fuß gewippt hat."

Siri stellte ihr Elektro-Fernglas auf den Boden ein, der von dem Wachmann aufgewühlt worden war. „Da ist etwas vergraben", sagte sie aufgeregt. „Ich sehe Metall."

„Moment mal", sagte Obi-Wan. Der Boden bewegte sich. Der Wachmann machte schnell einen Schritt nach vorn, als eine Abdeckung zur Seite glitt und eine Rampe sichtbar wurde, die nach unten führte.

Eine Frau erschien. Sie trug das weiße Gewand eines Mediziners. Die Tür schloss sich hinter ihr und sie lief in Richtung der Med-Kuppel.

„Das muss es sein", sagte Siri. „Aber wie kommen wir hinein? Wir müssen eine Möglichkeit finden, diese Rampe zu aktivieren."

„Ich weiß, wie wir hineinkommen", sagte Obi-Wan. „Es kommt jetzt nur auf dich an. Und es wird leicht sein."

„Auf mich kommt es an? Was soll ich tun?", fragte Siri kraftlos.

Er grinste. „Mach einfach, was dir in den Sinn kommt."

## Kapitel 15

Qui-Gon und Adi standen in der Mitte des Kolosseums. Keganiten in roten Gewändern saßen dicht gedrängt an einem runden Tisch vor ihnen. Es waren Richter.

„Ihr seid der Gedankenkontrolle im Falle von O-Melie und V-Nen für schuldig befunden worden", sagte ein älterer Keganite. „Die Strafe ist Verbannung. Euer Schiff ist aufgetankt und startbereit. Raumjäger werden Euch bis in die äußere Atmosphäre eskortieren."

Qui-Gon und Adi schwiegen. Sie wussten, dass V-Tan und O-Vieve hinter dieser Sache steckten. Es wäre Zeitverschwendung zu diskutieren. Aber das würde nicht bedeuten, dass sie einlenken würden.

Sie wurden von einer Einheit der Sicherheitswachen zur Landeplattform begleitet.

Einer der Wachmänner sagte: „Wir haben uns erlaubt, alle Waffen und Verteidigungssysteme außer Betrieb zu setzen. Wir wünschen Euch eine gute Reise."

Eine Tür öffnete sich und V-Tan und O-Vieve erschienen. Sie kamen mit einem freundlichen Lächeln auf die Jedi zu.

„Bevor Ihr uns verlasst, möchten wir Euch versichern, dass wir Euch nichts Böses wollen", sagte O-Vieve.

„Wo sind unsere Padawane?", fragte Qui-Gon.

„Wir glauben, dass sie bei einer Razzia für Ausreißer aufgelesen wurden", antwortete V-Tan. „Wir werden sie im Lern-Ring finden und nach Coruscant zurückschicken. Wir persönlich garantieren Euch, dass dies geschehen wird."

„Es tut mir Leid, aber das ist nicht genug", antwortete Qui-Gon höflich.

„Ihr vertraut uns nicht. Doch das solltet Ihr." O-Vieve ging zu Qui-Gon und legte ihm die Hand auf die Schulter. Plötzlich wich jede Farbe aus ihrem Gesicht. Sogar ihre hellen, blauen Augen schienen leblos zu werden. Sie begann zu schwanken.

„Geht es Euch gut?", fragte Qui-Gon und berührte ihre Hand. Sie war eiskalt.

O-Vieve nahm ihre Hand von seiner Schulter. „Es ist alles in Ordnung", sagte sie. „Manchmal sehe ich Dinge. Sie kommen ohne Vorwarnung. Deswegen haben wir getan, was wir getan haben. Wir wollen nur unserem Volk dienen."

„Wir haben Eurem Kommen unter der Annahme zugestimmt, dass Ihr Freundschaft in Euren Herzen tragt", sagte V-Tan. „Was wir nicht tolerieren können, ist eine Einmischung in unsere Angelegenheiten. Sie zerstört das Gemeinwohl. Ihr habt die Grenzen dessen überschritten, was wir bereit waren zu tolerieren. Kegan hat kein Interesse an anderen Welten. Wir möchten in Ruhe gelassen werden."

„Ihr habt dem Volk erzählt, dass Kegan zerstört wird, wenn nur ein Mensch den Planeten verlässt", sagte Adi. „Das glaubt Ihr doch sicher nicht."

„Allerdings glauben wir das", sagte O-Vieve sanft. „Ich habe es gesehen."

„Wir verstehen Eure Besorgnis", sagte Qui-Gon. „Und wir erkennen Euer Recht an, uns auszuweisen. Aber Ihr müsst verstehen, dass wir mit einem Untersuchungsteam des Galaktischen Senats zurückkehren werden, wenn wir ohne unsere Padawane gehen. Kegan wird sich dann nicht länger abschotten können."

V-Tan und O-Vieve tauschten einen nervösen Blick aus.

O-Vieve steckte ihre Hände in die weiten Ärmel ihrer Tunika. „Würdet Ihr Euch bitte in Geduld fassen, Jedi, und uns zuhören. Ich habe schon als kleines Mädchen Visionen gehabt. V-Tan hat Träume, in denen auch er Dinge sieht. Als wir uns kennen gelernt haben, fanden wir heraus, dass sich unsere Visionen gleichen. Das hat uns von ihrer Echtheit überzeugt. Wir haben seitdem viele Dinge vorausgesehen, die eingetreten sind. Jetzt sehen wir eine Invasion des Bösen auf Kegan. Wir haben eine Lebensweise geschaffen, die abwenden könnte, was wir voraussehen."

„Alles, was wir getan haben", sagte V-Tan, „dient dazu, unsere Bürger von einem Schicksal zu schützen, das sie sich nicht vorstellen können. Vielleicht erscheinen ein paar unserer Maßnahmen hart, aber sie dienen dem Gemeinwohl."

„Wir beide haben Bilder eines zerstörerischen Ereignisses in Kegans Zukunft gesehen", sagte O-Vieve. „Wir sehen, wie das Böse unseren Planeten wie ein schwarzer Mantel umhüllt."

„Wie?", fragte Qui-Gon. „Wann?"

„Wir kennen die Antworten zu diesen Fragen nicht", sagte O-Vieve. „Das ist die Hilflosigkeit, mit der wir leben müssen. Wir wissen nicht, wie wir die zukünftigen Ereignisse abwenden können. Wir haben nur Hinweise. Dass die Jedi ... die Jedi etwas damit zu tun haben."

„Die Jedi?", fragte Adi. „Inwiefern sollten sie etwas damit zu tun haben?"

„Wir sehen die Jedi von Dunkelheit umgeben", sagte V-Tan. „Das ist alles, was wir wissen. Die Dunkelheit kommt aus ihrem Innern und breitet sich aus, um alles zu umgeben."

„Vielleicht wird die Zerstörung von einer Sprengmaschine kommen, die ausgeschickt wird, um einen ganzen Planeten zu zerstören", sagte O-Vieve.

„Es gibt nichts, das stark genug wäre, um einen ganzen Planeten zu zerstören", stellte Qui-Gon fest.

„Vielleicht *noch* nicht", korrigierte O-Vieve ihn sanft und Qui-Gon spürte ein Kribbeln, das seinen Rücken hochstieg.

„Wir sehen maskierte Soldaten", sagte V-Tan. „Wir wissen nicht, wer sie sind oder was sie wollen. Nur, dass sie böse sind. Sie werden Angst und Leid bringen."

„Aber Eure Visionen könnten auch falsch sein", meinte Adi. „Visionen sind manchmal falsch. Selbst Jedi haben das schon erfahren. Und doch sind wir uns bewusst, dass wir nur sehen, was sein *könnte*."

„Deshalb handeln wir so, wie wir es tun." O-Vieve sah Qui-Gon tief in die Augen. „Wenn Ihr Eure Todesart wählen könntet, Qui-Gon, würdet Ihr dann nicht lieber friedlich und sanft sterben als gewaltsam im Kampf, in Angst und voller Verzweiflung?"

Qui-Gon hielt ihrem Blick eisig stand. „Es ist uns nicht gegeben zu wählen, wie wir sterben."

„Und es ist nicht an Euch zu wählen, was für Euer Volk das Beste ist", sagte Adi. „Ihr sagt, dass jeder Bürger Stimmrecht hat. Und doch kontrolliert Ihr die Entscheidungen. Ihr beobachtet jeden ihrer Gedanken und alle Gespräche. Und das alles wegen einer Vision, die vielleicht niemals eintreten wird. Ist das gerecht? Ist es gerecht, ein Kind seiner Mutter wegzunehmen nur wegen der Vision eines namenlosen Bösen?"

O-Vieve sah weg. Die Frage hatte sie offensichtlich getroffen.

Qui-Gon ergriff die Gelegenheit, näher auf diesen Punkt einzugehen. „Adi Gallia und ich haben Euren Tech-Ring und den Med-Ring gesehen. Wir haben gesehen, was Ihr *habt* und was Ihr haben *könntet*. Es hat Fortschritte in der Medizin und der Technologie gegeben, die Eurem Volk Leid und Mühen ersparen könnten. Ist es gerecht, ihnen diese zu verwehren?"

„Wir verwehren ihnen nichts", erklärte V-Tan und schüttelte den Kopf. „Wir retten sie."

„Es muss Opfer geben, um das Gemeinwohl zu bewahren", meinte O-Vieve und wandte sich ihnen wieder zu.

Ihre Stimme erklang jetzt wieder voller Autorität. „Dieses Treffen ist hiermit beendet. Wir werden Euch Eure Padawane nachschicken. Wir haben ein gutes Schiff für sie, gut bevorratet und mit einem Hyperantrieb ausgestattet. Wir wünschen Euch alles Gute für die Reise." In ihren Augen blitzte plötzlich etwas auf, das kalt wie Stahl zu sein schien. „Aber wenn Ihr versucht, im keganitischen Luftraum zu bleiben, werden wir Euer Schiff abschießen."

## Kapitel 16

Obi-Wan und Siri konnten sich wieder in die Menge der Schüler zurückschleichen, die um die große Anzeigetafel herumstanden, während die letzten Nachzügler die Laufstrecke komplettierten.

O-Bin las die Punkte mit dem üblichen leeren Lächeln vor. Plötzlich erstarrte sie.

„O-Siri und V-Obi, tretet vor."

Obi-Wan und Siri traten vor.

„Ihr habt die Datenwand manipuliert", stieß sie hervor. „Zehn Strafeinträge für jeden …"

„Entschuldigt, O-Bin", sagte O-Iris, das Mädchen mit der leisen Stimme. „V-Obi und O-Siri haben die Strecke tatsächlich so schnell zurückgelegt. Ich habe gesehen, wie sie auf die Durastahl-Wand sprangen."

„Und ich habe gesehen", sagte ein anderer Junge, „wie sie in nur drei Sekunden über den gebogenen Balken gegangen sind. Das hat bislang noch keiner geschafft."

„Sie waren schon mit der ersten Runde fertig, als ich erst ein Drittel geschafft hatte", sagte jemand anderes.

O-Bins Lächeln verschwand. Sie räusperte sich. „In Ordnung. Nun denn. Dann lasst uns sehen, ob O-Siris und V-Obis Fähigkeiten bei der Aufmerksamkeit im Unterricht genauso gut sind wie auf der Laufstrecke."

Sie ging schnell davon. Die Schüler reihten sich auf, um ihr zu folgen. Viele sahen Obi-Wan und Siri erwartungsvoll an. Obi-Wan hatte nicht gedacht, dass ihr Abschneiden auf der Laufstrecke noch mehr Aufmerksamkeit auf sie lenken würden. Offensichtlich hatte noch niemand die Strecke so schnell bewältigt.

Als alle wieder im Klassenzimmer waren, begann O-Bin mit dem Unterricht.

„Heute werden wir das keganitische Regierungssystem im Vergleich mit anderen durchnehmen. Nachdem V-Tan und O-Vieve andere Gesellschaftsformen in der Galaxis studiert hatten, haben sie sich für die beste Regierungsform entschieden. Kein Bürger auf Kegan ist wichtiger als irgendein anderer ..."

„Wirklich?", fragte Siri geradeheraus. „Warum erzählen Euch dann V-Tan und O-Vieve, was Ihr zu tun und zu lassen habt?"

„Drei Einträge, O-Siri", sagte O-Bin mit verkrampftem Lächeln. „Du hast jetzt eine recht ansehnliche Sammlung. Ich nehme an, die Küchenarbeit gefällt dir."

„Sie ist auf jeden Fall besser, als die Rumsitzerei im Unterricht", gab Siri patzig zurück.

Dieses Mal hörte Obi-Wan, wie ein paar der Schüler leise kicherten.

„Zwei Einträge", sagte O-Bin. „Zurück zum Unterricht. Die Freiheiten, die wir hier genießen, sind unvergleichlich ..."

Wieder unterbrach Siri sie. „Sind deswegen alle Kinder auf einem eingezäunten Komplex gefangen und können nicht gehen, ohne Alarm auszulösen?"

„O-Siri!"

„Und warum können die Bürger den Planeten nicht verlassen?", fügte Obi-Wan hinzu.

„V-Obi! Fünf Einträge für euch beide!"

„Aber Lehrerin O-Bin", sagte O-Iris. „Sie haben doch Recht. Könnt Ihr das nicht erklären?"

O-Bins Lippen wurden schmaler. „Nein, das kann ich nicht. Es ist nicht nötig, darüber zu diskutieren."

„Mir erscheint es nötig", sagte V-Ido zögernd.

„Und warum können wir uns unsere Berufe nicht aussuchen, wenn wir frei sind?", fragte ein anderer Schüler.

„Mein Vater wollte im Tech-Ring arbeiten, wurde aber der Verkehrskontrolle zugeteilt", sagte jemand. „Er hasst diese Arbeit."

„Sie sagen, dass sie nicht von unserer Welt stammen", sagte O-Iris. „Ihr nennt sie Lügner. Dabei haben wir gesehen, wie sie die Laufstrecke absolviert haben. Niemand auf Kegan hat solche Fähigkeiten."

„Es reicht!" O-Bins Gesicht war tiefrot. Sie wandte sich an Siri und Obi-Wan. Dieses Mal war ihre Wut offensichtlich und nicht von einem hohlen, falschen Lächeln überdeckt. „Das ist alles eure Schuld!", rief sie schrill. „Es steht euch nicht zu, den Unterricht infrage zu stellen! Er wurde von Leuten konzipiert, die um einiges weiser sind als ihr. Er wird von Leuten gegeben, die mehr wissen als ihr."

„Dann solltet Ihr in der Lage sein, all das zu erklären", sagte Siri.

„Warum dürfen wir nicht reden, wenn wir doch frei sind?", fragte O-Iris.

„Genug!", rief O-Bin. Sie drückte einen roten Knopf neben der Tür und Sekunden später stürmten Sicherheitsleute herein.

Sie zeigte auf Obi-Wan und Siri. „Nehmt sie mit! Sie haben meinen Unterricht gestört! Sie sind Feinde des Gemeinwohls!"

Obi-Wan und Siri wurden aus dem Klassenzimmer gezerrt und ins Verwaltungszentrum gebracht. Dort wurde ihnen von einem strengen Kontroll-Führer gesagt, dass sie auf Grund ihrer wiederholten Störungen neu zugeteilt würden.

Sie kämen zum Intensiv-Lern-Ring.

Obi-Wan und Siri tauschten einen zufriedenen Blick aus. Das war genau das, worauf sie gehofft hatten.

Sie wurden zu Fuß über den Hof und auf das Feld gebracht. Dann ging es die Rampe hinunter. Licht- und Luftzufuhr waren auf der Stelle abgeschnitten. Der Intensiv-Lern-Ring war dunkel und kalt, alle Wände und Böden hatten dieselbe blassgraue Farbe.

Sie wurden sofort getrennt. Obi-Wan wurde in eine Zelle gebracht und eingeschlossen. Das Licht war schwach. Auf dem Boden lag eine dünne Schlafmatte. Das war alles.

Er hatte nicht wissen können, was ihn erwarten würde, das war klar gewesen. Aber damit hatte er nicht gerechnet.

Nur Minuten später zischte die Tür auf. Ein Mann in einer dunkelblauen Chromahaut-Tunika kam mit einem Bündel unter dem Arm herein.

„Ich bin der Führer, der dich auf den Weg des Intensiv-Lernens bringen wird", sagte er. „Zieh das an." Er hielt ihm einen Anzug hin, der alle Wahrnehmungen komplett abblockte. Das Hörvermögen, die Sicht, einfach alles.

Obi-Wan wusste, dass er mitspielen musste, bis er Davi gefunden hatte. Er zog den Anzug an und der so genannte Führer band ihn fest zu. Er konnte nichts mehr sehen oder hören. Die Welt um ihn herum wurde verschluckt. Er konnte nur noch seinen Atem hören.

In den eingebauten Kopfhörern des Anzugs begann eine Unterrichtsstunde. Er konnte sich ihr nicht entziehen, egal, wie er sich auch drehte und wandte. Es war fast so wie unter der schwarzen Kapuze, die er im Tempel für die Kooperationsübung getragen hatte. Nur konnte er diesen Anzug nicht selbst abnehmen. Er war gefangen.

*Kegan ist eine vollkommene Gesellschaft, die sich dem Gemeinwohl widmet. Die Lehrer sind da, um euch zu helfen. Vertraue sonst niemandem. Vertraue nur deinen Lehrern.*

*Die Welten des Galaktischen Kerns sind voller Gefahren ...*

*Reisen sind gefährlich und unnötig ...*

*Die keganitische Medizin ist die fortschrittlichste in der Galaxis ...*

„Das stimmt nicht!", schrie Obi-Wan verzweifelt. „Das ist alles falsch!"

Aber er konnte die Stimme nicht ausblenden.

## Kapitel 17

Qui-Gon und Adi stiegen in ihren Transporter ein. Adi setzte sich hinter die Kontrollen. Sie beäugte kühl ihre vierfache Raumjäger-Eskorte, als sie die Triebwerke anwarf.

„Die sind so alt, dass man sie verschrotten sollte", sagte sie. „Es dürfte kein Problem sein, sie abzuhängen."

„Lasst uns hoffen, dass ihre Laserkanonen genauso alt sind", meinte Qui-Gon.

Sie stiegen problemlos auf und nahmen Kurs auf die äußere Atmosphäre. Die Raumjäger flankierten sie dicht an dicht. Adi zählte zu den besten Jedi-Piloten, die Qui-Gon kannte. Ihre Reaktionszeiten waren atemberaubend kurz und sie hatte ein instinktives Gespür für jedes Raumfahrzeug. Wenn jemand vier Raumjäger ohne Risiko abhängen konnte, dann war es Adi.

Denn eines wussten sie sicher: Sie würden Kegan nicht ohne ihre Padawane verlassen.

Manchmal während dieser Mission hatte Qui-Gon Adi als zu distanziert empfunden. Jetzt sah er, wie entschlossen sie sein konnte.

„Seid Ihr zu diesem Ausflug bereit?", fragte sie Qui-Gon.

Er prüfte, ob er sicher angeschnallt war. „Ich bin bereit."

Mit einer entschlossenen Bewegung kippte Adi das Raumfahrzeug auf den Kopf, wobei sie beinahe den Flügel von einem der Raumjäger streifte. Sie tauchte mit Höchstgeschwindigkeit ab und drehte ein paar Mal herum. Einer der Raumjäger versuchte mitzuhalten und begann unkontrolliert zu taumeln. Der Pilot kämpfte, um sein Fahrzeug wieder zu stabilisieren.

„Dieses Modell ist nicht so manövrierfähig wie unseres", murmelte sie. „Pech."

Adi gab vollen Schub, zog hart nach rechts und forderte das Schiff bis an die Grenze seiner Manövrierfähigkeit. Warnende Blasterschüsse kamen von Backbord auf sie zu, aber Adi drehte bereits in einer Aufwärtsbewegung ab. Die Schüsse zischten seitlich vorbei und schlugen im Flügel eines der anderen Jäger ein. Flammen schlugen aus dessen Treibstofftank.

„Ich hatte gehofft, dass das passieren würde", murmelte Adi. Der zweite Raumjäger flog in Richtung des Planeten davon.

Jetzt kehrte Adi die Flugrichtung um. Anstatt den restlichen Jägern auszuweichen, schoss sie direkt auf sie zu. Da Adi sie zu rammen schien, tauchten beide Raumjäger ab und feuerten.

Adi konnte dem Feuer mit Leichtigkeit ausweichen. Die Jäger waren jetzt unter ihnen, noch immer im Sturzflug.

Adi zwang die Triebwerke zu Höchstleistungen. Sie schoss davon und bald hatten sie die beiden Verfolger abgehängt.

„Nettes Manöver", sagte Qui-Gon. „Und ich hatte angenommen, dass Yoda Euch nur mitgeschickt hat, um mich zu überwachen. Vielleicht wusste er, dass wir Eure Flugkünste brauchen würden."

Adi warf ihm einen amüsierten Blick aus ihren dunklen, mandelförmigen Augen zu. „Yoda hat mich nicht geschickt, um Euch zu überwachen. Nicht so, wie Ihr denkt. Siri und ich sind ein neues Team. Er wollte, dass sie sieht, wie ein gutes Meister-Padawan-Team funktioniert."

„Also hält der Rat kein Auge auf uns?"

„Im Gegenteil. Obi-Wan und Ihr habt Eure Effektivität bewiesen. Yoda meinte, dass Siri auch die Zusammenarbeit mit einem anderen Padawan lernen müsste."

Qui-Gon dachte über diese Information nach. „Ich glaube", sagte er dann leise, „ich habe auch etwas gelernt."

Adi lächelte ihn auf ihre eigenartige Weise an. „Ich auch."

Qui-Gon tippte die Koordinaten für das Hochplateau ein und sie machten sich auf den kurzen Rückflug. Sie kamen schnell über das Zielgebiet. Nebel hing über der Landschaft unter ihnen. Qui-Gon sah zuerst auf seine Datendisplays, dann direkt hinunter. Der Dunst verschwand und dann tauchte er auf – ein riesiger Komplex, umgeben von einer hohen Steinmauer. Das weite Gelände umfasste lange, niedrige Kuppelbauten ebenso wie kultivierte Felder und offenes Land.

„Der Nebel bietet eine gute Deckung", sagte Adi. „Ich werde außerhalb der Mauer in der Nähe dieser Felsen landen."

Sie landeten und versteckten das Schiff hinter einem Haufen aus Steinen und Kies. Dann stiegen sie aus, überquerten schnell ein Feld und kletterten die Mauer hoch.

Der Nebel hing tief über dem Boden. Er war so dicht, dass man nur ein paar Meter weit sehen konnte. Qui-Gon und Adi gingen durch den Komplex, wobei sie sich von ihren scharfen Sinnen sagen ließen, wenn Wachen in der Nähe waren. Sie bewegten sich wie Schatten durch den Nebel.

Sie stiegen auf Dächer und sahen durch die Dachluken. Sie spähten in jedes Fenster. Doch sie fanden nichts.

„Sie sind nicht hier", sagte Adi Gallia. „Vielleicht waren sie hier und man hat sie weggebracht. Zweifellos haben O-Vieve und V-Tan unsretwegen bereits Alarm geschlagen. Lasst uns gehen und den nächsten Schritt planen. Vielleicht sollten wir in die Hauptstadt zurückkehren und sehen, ob Melie und Nen Neuigkeiten haben."

Qui-Gon schwieg. Er hob den Kopf und schloss die Augen. Er spürte die Macht um sich. Er griff nach der Macht in der Hoffnung, sie würde ihm sagen, ob sein Padawan in der Nähe war.

Er spürte nichts.

„Einverstanden", sagte er. „Lasst uns gehen."

## Kapitel 18

Zunächst hatte er versucht, die Stimme abzublocken.

*Vertraue den Lehrern, damit sie dir den Weg zeigen können, wie man dem Gemeinwohl dient. Sie überwachen es. Sie kennen es. Traue keinem Freund oder Nachbarn.*

Dann war ihm klar geworden, dass es sinnlos war, sich darum zu bemühen. Es machte die Stimme nur entschlossener. Er ging die Stimme auf die Art der Jedi an und akzeptierte sie. Die Stimme lief an ihm herunter wie Wasser. Er musste es nicht trinken.

Wie lange würde das hier dauern? Es schienen Stunden zu sein. Er fand seine innere Ruhe; es gelang der Stimme nicht, in ihn einzudringen. Er wusste, dass Siri dasselbe tat. Sie würde sich nicht von der beständigen, melodiösen Stimme verrückt machen lassen, die eine Lüge nach der anderen erzählte.

Aber was war mit Davi?

Schließlich wurde er von dem Führer aus dem Abschottungs-Anzug freigelassen. Zunächst konnte er nur blinzeln. Die Stimmen von Leuten und Bewegungen vor seiner Tür, das Atmen des Führers, das alles erschien ihm laut und aufdringlich. Obi-Wan stellte sich vor, dass man sich so fühlen würde, wenn man geboren wurde.

„Wie lange bin ich jetzt hier?", fragte Obi-Wan.

„Das kann ich dir nicht sagen", sagte der Führer freundlich. „Jetzt ist es Zeit für den Waschraum. Ich werde dich führen, wenn du noch nicht gut sehen kannst. Das ist normal."

„Ich kann sehen." Obi-Wans Augen gewöhnten sich wieder an die Umgebung. Die grauen Wände und Böden ähnelten der Dunkelheit, in der er so lange Stunden gefangen war.

Er ging neben dem Führer einen Korridor entlang. Dabei kamen sie an einem Mediziner vorbei. Es war ein anderer als der, den er oben vor ein paar Tagen gesehen hatte.

*Nein. Heute. Ich habe den Mediziner heute gesehen.*

Er durfte sein Zeitgefühl nicht verlieren. Er musste eine Möglichkeit finden, die Zeit in seiner Zelle aufzuschreiben.

*Ich werde hier nicht lange festsitzen. Wir sind wegen Davi gekommen. Wir werden ihn finden und dann verschwinden.*

Sie waren gekommen, weil sie dachten, dass sie es Davi schuldig waren. Sie waren gekommen, um einem Freund zu helfen. Sie hatten angenommen, dass es leicht sein würde, ihn zu retten und wieder zu gehen. Aber sie hatten sich getäuscht. Das hier würde alles andere als einfach werden.

Es war eine impulsive Entscheidung gewesen, das war Obi-Wan jetzt klar. Dabei hatte er im Tempel beschlossen, dass er nicht mehr impulsiv handeln würde. Dass er vorsichtig sein würde.

Vielleicht hatte er sich von Siri beeinflussen lassen. Sie war immer bereit loszuspringen, etwas zu tun, zu agieren. Er hätte nicht auf sie hören dürfen.

*Höre nicht auf andere. Höre nur auf die Lehrer.*

Obi-Wan schüttelte den Kopf und verdrängte die Erinnerung an die Stimme.

Der Führer brachte ihn in den Waschraum. Er zeigte auf eine Wärmedusche, eine Kältedusche, Handtücher und eine frische Tunika.

„Ich komme in drei Minuten zurück", sagte der Mann.

Obi-Wan spürte den Strahl des warmen Wassers auf seinem Rücken. Er fühlte plötzlich eine Verbindung zu dem Land über ihm, zu den lebenden Wesen, den Individuen um ihn.

Qui-Gon war hier. Er suchte ihn.

Er wusste es. Er spürte die starke, sichere Verbindung.

*Ich bin hier, Qui-Gon. Ich bin hier unten. Hört nicht auf zu suchen.*

Sie hatten diese Verbindung schon einmal gehabt, doch damals war sie gestört worden. Würde Qui-Gon ihn jetzt hören? Würde er ihm antworten?

Er spürte nichts.

Obi-Wan ging zur Kühldusche, trocknete sich ab und zog sich an.

Er war auf sich gestellt. Er konnte niemandem vertrauen.

*Nur den Lehrern konnte man die Wahrheit glauben und …*

Obi-Wan erstarrte, als er seinen Gürtel anzog. Er hatte die Worte nicht wie von der Stimme an seinen Ohren gehört. Er hatte sie von seiner eigenen Stimme gehört.

Angst durchfuhr ihn. Es war ihnen in nur einer Sitzung gelungen, zu ihm durchzudringen.

Obi-Wan holte tief Luft. Er konzentrierte sich auf seine Ausbildung, auf seine innere Ruhe. Das vertrieb die Angst.

*Ich bin nicht allein,* sagte er sich. *Ich habe Siri.*

## Kapitel 19

Das Essen gab es in einem großen Saal voller Schüler. Obi-Wan konnte ihre Gesichter nicht sehen. Wie er selbst, so trugen sie alle Gesichtshauben. Strikte Ruhe war angeordnet. Sicherheitswachen patrouillierten in den Gängen zwischen den langen Tischen und wachten darüber, dass niemand eine Unterhaltung begann.

Im Lern-Ring hatten strikte Regeln geherrscht. Freundschaften wurden dort nicht gestattet. Wenn ein Schüler einem anderen zu nahe kam, wurden sie in verschiedene Quadranten versetzt. Aber während der Essenszeiten waren Gespräche erlaubt und die Schüler redeten miteinander.

Hier war alles darauf ausgerichtet, die Schüler zu brechen. Isolation als Werkzeug.

Obi-Wan versuchte, unter die Hauben zu spähen, um zu sehen, ob Siri hier war und nach ihm suchte. Er suchte nach einer kleinen, dünnen Gestalt, die Davi sein könnte. Er konnte nicht sagen, ob einer seiner Freunde hier war.

Ein durchdringendes Summen ertönte und sofort erfüllte ein lautes Scharren von Stuhlbeinen den Raum, als alle aufstanden – gleichgültig, ob sie ihre Mahlzeit beendet hatten oder nicht. Obi-Wan reihte sich mit den anderen auf. Wie konnte er Kontakt mit Siri aufnehmen? Er musste eine Möglichkeit finden. Vielleicht könnte er eine Krankheit vortäuschen. Es schien eine Menge medizinischer Stationen in dem Gebäude zu geben ...

Plötzlich nahmen seine scharfen, blauen Augen eine leichte Bewegung vor ihm war. Ein kleines Schwänzchen tauchte kurz aus der Tasche einer Tunika auf. Der Schüler steckte schnell die Hand hinein.

Davi!

Sie marschierten in einer Reihe den langen, grauen Korridor entlang. Die Schüler gingen, einer nach dem anderen, in verschiedene Zellen seitlich ab. Obi-Wan hielt seinen Kopf geneigt, seinen Blick aber auf Davi gerichtet. Er merkte sich die Zelle, in der Davi verschwand. Es waren keine Nummern an den Zellen, also zählte er die Türen bis zu seiner Zelle.

Heute Nacht würde er Davi kontaktieren. Es gab keine Zeit zu verlieren. Davi war sensibel. Er hatte Angst vor dem Alleinsein. Was würde dieser Ort aus ihm machen?

Und wie konnte er Siri finden? Obi-Wan durchdachte das Problem. Er musste darauf vertrauen, dass die Macht ihn führte. Er konnte nicht länger warten. Er würde sein Lichtschwert nehmen und nach dem Ausschalten der Lichter die Tür aufschneiden.

An diesem Abend stoppte er das regelmäßige Auf und Ab der Wachen und berechnete die Entfernung, die er im Korridor zurücklegen musste. Er würde gerade genug Zeit haben, um zu Davi zu gelangen, in dessen Zelle noch einmal zu warten und dann nach Siri zu sehen. Es würde riskant werden. Er musste darauf bauen, dass die Wache die beschädigten Türen nicht bemerken würde. Das Licht war schwach genug, um ihm eine Chance zu geben.

Ein Summton erklang, um das Ausschalten der Lichter anzukündigen und drei Sekunden später war das Licht erloschen. Obi-Wan saß im Schneidersitz auf dem Boden seiner Zelle. Er wollte warten, bis er sicher sein konnte, dass die meisten Schüler schliefen.

Er hatte nur ein paar Minuten gewartet, als ein Flüstern gedämpft an sein Ohr drang.

„Obi-Wan! Was machst du denn? Ein Nickerchen?"

„Siri?"

„Was glaubst du denn, wer es ist? V-Tarz etwa? Geh zur Seite."

Das Leuchten von schmelzendem Metall erhellte die Zelle. Siri schnitt mit ihrem Lichtschwert ein Loch in die Tür. Obi-Wan sprang vor, um ihr zu helfen. Bald hatten sie eine Öffnung, die groß genug war, dass er hindurchschlüpfen konnte.

Siris helle Augen strahlten ihn an. „Worauf hast du denn gewartet? Fängt es etwa an, dir hier zu gefallen?"

Mittlerweile hatte sich Obi-Wan an ihren Humor gewöhnt. „Los", sagte er. „Ich weiß, wo Davi ist."

Sie gingen hastig den Gang hinunter. „Ich glaube, Qui-Gon ist irgendwo im Lern-Ring", sagte Obi-Wan. „Ich spüre es."

„Ich spüre überhaupt nichts", sagte Siri. „Aber ich habe zu Adi noch keinerlei Verbindung. Vielleicht werden wir eines Tages auch so gut zusammenarbeiten wie du und Qui-Gon."

Es war ein verstecktes Kompliment – das erste Mal, dass sie zugab, dass Obi-Wan mehr Erfahrung hatte als sie selbst.

Sie kamen an Davis Tür. Sie schnitten schnell ein Loch hinein und kletterten hindurch. Davi lag auf der Schlafmatte und stützte sich auf die Ellbogen. Er war erschrocken, Obi-Wan und Siri in seiner Zelle zu sehen.

„Was macht ihr hier?", fragte er. „Ihr bringt uns alle in Schwierigkeiten."

„Könnte es noch schlimmer werden, als es schon ist?", fragte Siri und wedelte mit ihrem Lichtschwert in der Zelle umher.

Davi lächelte nicht. Er legte sich wieder auf seine Liege und kauerte sich zusammen. „Ich bin sicher, dass es noch schlimmer werden könnte", sagte er. „Geht weg."

„Davi, du musst mit uns kommen", drängte Obi-Wan ihn.

„Du musst uns vertrauen", fügte Siri hinzu.

„Ich vertraue nur den Lehrern", sagte Davi. „Sie zeigen mir den Weg zum Gemeinwohl. Sie überwachen es. Ich vertraue ihnen."

„Das ist die Stimme", sagte Obi-Wan.

„Ich traue meinem Freund oder Nachbar nicht", flüsterte Davi. „Ich vertraue nur den Lehrern." Er sah sie flehend an. „Das ist alles, was ich weiß. Bitte geht weg."

Siri kam näher und setzte sich vor Davi auf den Boden. „Es gibt viele Dinge in der Galaxis, die gut sind, Davi. Wenn Kegan die guten Dinge hereinließe, wäre es ein besserer Ort. Vielleicht sind ein paar der Krankheiten, die ihr hier habt, heilbar. Wie der Toli-X-Virus."

Davi stützte sich wieder auf seine Ellbogen. „A ... aber der ist unheilbar. Meine Eltern starben daran."

„Kurz nachdem sich der Virus in der Galaxis ausgebreitet hatte, wurde ein Heilmittel gefunden", sagte Siri sanft. „Wenn Kegan mit dem Rest der Galaxis Kontakt gehabt hätte, hätten viele gerettet werden können. Es tut mir Leid, dass ich dir das sagen muss."

„Ich glaube euch nicht." Davi schüttelte den Kopf. „Die Lehrer lügen nicht. Die Lehrer lügen nicht!"

„Davi, warum gibt es hier im Intensiv-Lern-Ring so viele medizinische Einrichtungen?", fragte Obi-Wan.

„Weil die Kinder nicht geheilt werden können", sagte Davi. „Wenn andere sie so sehen würden, wäre das schlecht für das Gemeinwohl."

„Wenn ein Tier krank wäre – würdest du versuchen, es zu heilen oder würdest du es wegschließen?", fragte Obi-Wan. „Dieser Ort hier basiert auf einer Lüge, Davi. Das musst du wissen."

Davi sah sie betroffen an.

„Wir sind deine Freunde", sagte Siri drängend. „Wir würden dich nicht anlügen. Du weißt, dass wir von einem anderen Planeten kommen. Wir haben diese Dinge gesehen." Sie stand auf. „Wirst du mit uns kommen?"

Davi zögerte. Draußen im Korridor hörten sie die Schritte des Wachmanns. Würde Davi sie verraten?

Sie hörten, wie die Schritte vorbeigingen und wieder leiser wurden.

Davi stand auf. „Ich komme mit euch."

Obi-Wan und Siri streckten ihre Arme aus und legten die Hände auf Davis Unterarme. Sie lächelten einander an.

„Wartet." Davi sah sie zögernd an. „Kann ich Wali mitnehmen?"

Siri und Obi-Wan sahen sich an. Jemanden zu retten konnte Zeit kosten und war gefährlich. Aber sie konnten Davi diesen Wunsch nicht verwehren.

Sie nickten.

Davi ging zur Mauer. Vorsichtig entfernte er einen Stein. Er zog einen kleinen, pelzigen Ferbil heraus und steckte ihn in die Tasche.

„In Ordnung. Ich bin bereit."

Sie gingen schnell den Korridor hinab. Plötzlich störte ein gedämpftes Wimmern die Stille.

„Davi, du musst dafür sorgen, dass Wali still ist", sagte Obi-Wan.

„Das war nicht Wali", flüsterte Davi.

Wieder hörten sie das Wimmern. Es war gedämpft und Obi-Wan bemerkte jetzt, dass es aus einem der Räume am Korridor kam. Dann spürte er es ...

„Es ist ein Baby", keuchte Siri.

„Es ist Lana", stellte Obi-Wan fest.

## Kapitel 20

Sie waren beinahe wieder an der Mauer, als Qui-Gon plötzlich eine Erschütterung der Macht spürte. Aber alles, was er sah, war ein Feld mit grünem Getreide.

„Sie sind hier", sagte er zu Adi.

Sie nickte. „Ich fühle es auch. Aber wo?"

Qui-Gon kniete sich nieder und legte seine Hände auf den Boden. „Hier."

Er spürte Vibrationen. Schnelle Schritte.

„Sie haben uns entdeckt", sagte Adi.

Sie aktivierten ihre Lichtschwerter, als die Sicherheitswachen auf sie zuliefen. Sie waren mit Blastern bewaffnet.

Aber die Wachen waren keine solch fähigen Gegner gewöhnt. Qui-Gon und Adi benutzten ihre Lichtschwerter nur, um das Blasterfeuer abzulenken. In perfekter Zusammenarbeit nahmen sie die Wachen in die Zange, drehten sich und wichen ihnen aus, während sie sie zurückdrängten.

Am Rand des Feldes stand eine Tech-Kuppel. Qui-Gon und Adi trieben die Wachen immer näher darauf zu. Die

Wachen stolperten, versuchten auszuweichen und fielen hin.

Als sie beinahe die Hütte erreicht hatten, umrundete Qui-Gon die Wachen und öffnete die Tür. Dann sprang er über die Gegner hinweg und stellte sich ihnen wieder. Zusammen mit Adi trieb er sie in die Hütte. Dann schloss er die Tür und verriegelte sie.

„Und was jetzt?", fragte Adi Gallia. „Sie werden sicher über ihre Comlinks Verstärkung anfordern."

„Wir werden einen Zugang finden", sagte Qui-Gon.

Obi-Wan und Siri schnitten schnell ein Loch in die Tür.

Sie fanden sich in einer Art Sanatorium wieder. Kinder und Teenager lagen auf einfachen Liegen. Manche waren an Überwachungsgeräte angeschlossen. Andere hingen an Schläuchen. Manche öffneten die Augen, als die Jedi vorbeigingen und sahen sie dämmrig an. Obi-Wan fragte sich, ob man ihnen wohl Schlafmittel gegeben hatte.

Lana lag in einem Kinderbett mit erhöhten Seitenteilen. Als sie Obi-Wan und Siri sah, zog sie sich leise weinend auf die Beine.

„Du brauchst nicht zu weinen, Lana", sagte Obi-Wan beruhigend zu ihr.

Sie hörte auf zu weinen. Dann hob sie die Arme und sah Davi an.

Nachdem er Obi-Wan und Siri fragend angesehen hatte, nahm Davi das Kind aus dem Bett und hielt es gegen seine Brust.

„Ich beschütze sie", versprach er.

Sie liefen aus dem Krankensaal in Richtung der Ausgangsrampe. Der nächste Wachmann war nur ein paar Augenblicke entfernt.

Aber das Glück war nicht mit ihnen. Sie bogen um eine Ecke und rannten geradewegs in eine Truppe von Wachleuten, die sich zur Ablösung bereitmachten.

Die Wachen griffen überrascht nach ihren Waffen. Obi-Wan und Siri aktivierten ihre Lichtschwerter. Als sie in dem dunklen Gang aufleuchteten, hielten die Wachen in noch größerer Überraschung inne. Sie hatten noch nie zuvor Lichtschwerter gesehen.

„Bleib hinter uns, Davi", sagte Obi-Wan.

Er und Siri schoben sich vor. Dieses Mal, das wusste Obi-Wan, würde sie nicht für sich kämpfen. Sie würde gemeinsam mit ihm kämpfen, für sie alle.

Blasterfeuer zuckte um sie herum und ihre Lichtschwerter blockten es in einer einzigen, verwischten Bewegung ab. Sie gaben einander Deckung, sprangen hoch in die Luft, fielen auf ein Knie, wechselten die Richtung und die Hände – alles ohne Pause. Ihr einziges Ziel war, Davi und Lana zu schützen.

Ein Alarm ertönte. Einer der Wachleute musste ihn aktiviert haben. Der Alarm hallte hohl durch die Gänge. Obi-Wan hörte schwere Schritte hinter ihnen. Sie würden bald eingekreist sein.

„Hier lang", rief er. Er schob Davi und Lana sanft in einen einmündenden Korridor.

Die Wachen folgten ihnen, eine Truppe von Leuten in Chromahaut-Panzerungen und mit feuernden Blastern. Die kleinen Geschosse aus den Läufen der Waffen schlugen in die Wände um sie ein. Die Luft begann sich mit Rauch zu füllen.

Obi-Wan und Siri arbeiteten sich vorwärts. Jetzt konnten sie vor sich den Ausgang sehen. Doch Obi-Wan wusste nicht, ob sie in der Lage sein würden, Davi und Lana zu schützen und gleichzeitig weiter mit den Wachen zu kämpfen und herauszufinden, wie die Rampe zu aktivieren war. Höchstwahrscheinlich gab es irgendeinen Schlüssel oder einen Code. Sie würden mit dem Rücken zur Wand stehen. Siri sah zu ihm hinüber und er wusste, dass sie über dieselben Probleme nachgedacht hatte.

Plötzlich erschienen noch mehr Wachen aus einem angrenzenden Korridor. Obi-Wan spürte, wie ihm der Schweiß den Rücken hinabtropfte, als er einen plötzlichen Ansturm von Blasterfeuer abwehrte. Würde der Kampf hier ein Ende finden? Würden sie sich ergeben müssen, um Lana und Davi zu retten?

Im selben Augenblick hörte er ein Sirren und ein Klickgeräusch. Die Tür hinter ihm glitt auf. Die Rampe schoss zur Oberfläche hoch und frische Luft durchflutete den Gang. Einen Sekundenbruchteil später kamen Qui-Gon und Adi Gallia mit aktivierten Lichtschwertern die Rampe hinuntergelaufen. Mit einem einzigen schnellen Blick erfassten sie die Situation und sprangen in das Gewühl.

Die Wachen waren mutiger geworden, als die Verstärkung zu ihnen gestoßen war. Aber vier Jedi waren zu viel für sie. Ihr Blasterfeuer wurde immer wieder abgelenkt. Sie mussten sich auf den Boden werfen oder hinter Transportwagen ducken, um nicht getroffen zu werden.

Schließlich warfen sie ihre Waffen weg und liefen davon.

Die Schlacht war vorüber. Obi-Wan nahm Lana aus Davis Armen. Er gab sie Qui-Gon.

„Ich wette, Ihr habt sie gesucht", sagte er.

Qui-Gon sah ihn über Lanas Kopf hinweg an. „Ich habe auch dich gesucht, Padawan. Ich bin froh, dass ich dich gefunden habe."

## Kapitel 21

Als die Bürger von Kegan herausgefunden hatten, was im Intensiv-Lern-Ring vor sich ging, revoltierten sie. Sie waren entsetzt, dass Kinder versteckt und in Einzelhaft gesteckt wurden, weil sie die Autorität der Lehrer infrage gestellt oder eine chronische Krankheit hatten. Das verletzte alles, was O-Vieve und V-Tan als Kegans Werte ausgerufen hatten.

Alle Bürger versammelten sich im Konferenz-Ring, um über das Problem zu diskutieren. V-Tan und O-Vieve wurden als wohlwollende Führer abgewählt. Ein neuer Rat wurde gewählt. Diskussionen über das Reisen von Kegan aus begannen. Die Mehrheit war dafür, einen Abgesandten zum Galaktischen Senat zu schicken. In der Zwischenzeit baten sie den Galaktischen Senat, medizinische und wissenschaftliche Berater nach Kegan zu schicken, um den Planeten auf den neuesten Stand zu bringen.

Der Lern-Ring wurde geschlossen. Die Schüler kehrten zu ihren Familien zurück. Eine kurze Ferienzeit wurde ihnen gewährt, bis ein neues Bildungssystem aufgebaut war. Die

Leute nahmen die Waisen aus dem Lern-Ring in ihre Wohnungen auf. Die anderen kehrten zu ihren Eltern zurück.

Für die Jedi war es an der Zeit aufzubrechen. Sie standen mit Nen, Melie, Lana und Davi an der Landeplattform.

„Nen und ich haben beschlossen", sagte sie mit Tränen in den Augen, „dass es für Lana am besten ist, mit Euch zu gehen. Ich habe gesehen, was die Jedi sind und was sie tun können. Wir müssen ihre Gabe ehren."

„O-Vieve und V-Tan hatten in vielen Dingen Recht", sagte Nen und streichelte die Wange seiner Tochter. „Eines davon ist, dass wir für das Gemeinwohl Opfer bringen müssen. Es ist besser für Lana und besser für die Galaxis, wenn sie richtig ausgebildet wird."

„Wir werden für sie sorgen und sie ehren", sagte Adi Gallia. „Sie wird in Weisheit mit der Macht aufwachsen und ihr Leben wird ein Leben im Dienst der anderen sein."

„Ich kann mir kein besseres Leben für meine Tochter wünschen", sagte Melie.

Nen legte seinen Arm um Davi. „Und ein neues Kind ist in unser Leben gekommen. Davi hat zugestimmt, bei uns zu bleiben."

„Wenn er es schafft, den Tier-Ring auch einmal zu verlassen", neckte ihn Melie. „Unsere Freundin Via arbeitet dort. Sie wird ihm zeigen, wie man für Tiere sorgt."

„Ich werde euch niemals vergessen", sagte Davi schüchtern zu Obi-Wan und Siri.

Obi-Wan legte seine Hand auf Davis Unterarm. „Wir werden immer deine Freunde sein, Davi."

„Wann immer du uns brauchst, musst du uns nur rufen", sagte Siri.

„Ich wünsche Euch eine gute Reise", sagte Nen. „Wir sind dankbar, dass die Jedi unserer Welt die Gerechtigkeit wiedergebracht haben."

Nen, Melie und Davi gingen davon. Siri brachte Lana ins Schiff, um sie für die Reise fertig zu machen. Adi ging hinein, um die letzten Checks vorzunehmen.

Obi-Wan warf von der Landeplattform aus noch einen letzten Blick auf Kegan. „Diese Welt bleibt mir rätselhaft", sagte er. „Ich verstehe noch immer nicht, wie ein ganzer Planet so blind Visionen und Träumen vertrauen konnte."

„Das überrascht mich nicht", sagte Qui-Gon. „Alle Lebewesen finden Trost in einer Wahrheit, die ihnen das Leben erträglicher macht. Hier auf Kegan mussten die Menschen keinen Hunger leiden, wie wir es auf anderen Planeten gesehen haben. Weshalb hätten die Leute ein System infrage stellen sollen, das ihnen ein leichtes und angenehmes Leben zu bieten schien?"

„Aber ihre Freiheit war eine Illusion", meinte Obi-Wan.

„Wir wissen nicht, ob O-Vieves und V-Tans Visionen falsch waren, Padawan", sagte der Jedi-Meister nachdenklich. „O-Vieves Blick in die Zukunft war verhangen, aber das macht ihn nicht zu einem falschen Blick. Vielleicht hat sie das, was sie sah, nur falsch interpretiert."

„Das glaube ich nicht", sagte Obi-Wan. „Ich kann mir nicht vorstellen, dass ein einzelnes, zentrales Böses die ganze Galaxis beherrscht. Das wäre unmöglich."

„Ich hoffe, wir erleben das nicht, Obi-Wan", meinte Qui-Gon. „Aber wir können nicht sagen, dass es unmöglich ist. Hast du in der Galaxis nicht genug Zufälle und Böses gesehen, um das zu lernen?"

Obi-Wan schüttelte den Kopf. „O-Vieve sah Dunkelheit, die von den Jedi ausging. Das könnte niemals geschehen."

Die Sonne brach plötzlich durch die Wolken über ihnen und blendete Qui-Gon. Das grelle Licht überstrahlte Obi-Wans Gesichtszüge und ließ sie verschwinden. Einen Moment lang konnte Qui-Gon den Jungen nicht mehr sehen. Dafür sah er einen alten Mann, der allein auf einem abgelegenen Planeten lebte und nur seine dunklen Erinnerungen als Begleiter hatte.

Qui-Gon spürte dasselbe Kribbeln, das er in der Nähe von O-Vieve gespürt hatte. Hatte er gerade eine Vision von sich selbst als alten Mann gehabt? War das die dunkle Vision, die O-Vieve von ihm gesehen hatte?

Dann kam ihn eine plötzliche Erkenntnis. *Das bin nicht ich. Es ist Obi-Wan.*

Oder doch nicht?

Die Sonne zog sich wieder hinter die Wolken zurück. Die Welt wurde wieder deutlich. Qui-Gon blickte Obi-Wan an. Er sah die vertrauten jungenhaften Züge, die leuchtenden Augen. Er fand sich bestätigt im Anblick der Jugend. *Die Zukunft ist nicht starr, sondern in Bewegung,* sagte er sich. Visionen mussten nicht wahr werden.

„Qui-Gon, ist alles in Ordnung?", fragte Obi-Wan.

„Vielleicht sollten wir nicht vom Bösen und von Dunkelheit sprechen, wo wir doch gerade eine Mission erfolgreich abgeschlossen haben", schlug Qui-Gon heiter vor. „Lass uns den Augenblick genießen. Die Gerechtigkeit ist nach Kegan zurückgekehrt."

„Und wenn vor mir die Dunkelheit liegt, werde ich gegen sie kämpfen", schloss Obi-Wan.

Qui-Gon legte eine Hand auf seine Schulter. „Wir werden sie gemeinsam bekämpfen, Padawan."

# Glossar

**Adi Gallia**
Eine ➤ Jedi-Meisterin, die für ihr imposantes Auftreten bekannt ist. Adi Gallia strahlt nicht nur auf Grund ihrer Körpergröße eine starke Autorität aus. Sie kann mit nur einem einzigen Blick eine ganze Klasse unruhiger Jedi-Schüler zur Räson bringen.

**Äußerer Rand**
Der Äußere Rand ist die Randzone der ➤ Galaxis und wird auch oft als „Outer Rim" bezeichnet. Der Äußere Rand gilt im Allgemeinen als uninteressante und verschlafene Region.

**Blaster**
Die meistgebrauchte Waffe in der ➤ Galaxis. Es existieren viele Varianten von Pistolen und Gewehren. Blaster emittieren Strahlen aus Laserenergie.

**Calla-Baum**
Ein seltener Baum auf ➤ Kegan, der nur auf der dortigen Hochebene vorkommt. Der Calla-Baum blüht mit schönen, farbenprächtigen Blüten.

**Chromahaut**
Ein farbig schillerndes, synthetisches Material mit ähnlichen Eigenschaften wie Leder.

**Comlink**
Ein Kommunikationsgerät, mit dem man Gespräche, Bilder und wissenschaftliche Daten übertragen kann.

**Coruscant**
Planet und offizieller Sitz des ➢ Galaktischen Senats sowie des ➢ Jedi-Tempels. Coruscant ist eine einzige riesige Stadt; jeder Quadratmeter des Planeten ist bebaut. Coruscant liegt im ➢ Galaktischen Kern und markiert die Koordinaten Null-Null-Null im Navigations-Koordinatensystem.

**Datapad**
Mobiler Datenspeicher in handlicher Form. Das Datapad ist eine Art Personalcomputer und verfügt über enorme Speicherkapazitäten. Es ist mit einem Monitor und einer Tastatur ausgestattet und kann überall mit hin genommen werden. Datapads werden u. a. als elektronische Notizbücher, Terminplaner, Datensammlungen etc. verwendet.

**Delacrix-System**
Ein blühendes, friedliches System mit drei Sonnen. Die drei Welten, die erst kürzlich dem ➢ Galaktischen Senat beigetreten sind, treiben regen Handel untereinander.

**Droiden**
Roboter, die für nahezu jede nur vorstellbare Aufgabe in der ➢ Galaxis eingesetzt werden. Form und Funktion der Droiden variieren stark.

**Durastahl**
Ein sehr hartes und ultraleichtes Metall, das höchsten mechanischen Beanspruchungen und Temperaturschwankungen standhält. Es wird sehr oft im Raumschiff- und Häuserbau eingesetzt.

**Elektro-Fernglas**
Tragbares Sichtgerät, mit dem man unter fast allen Lichtverhältnissen weit entfernte Objekte beobachten kann. Ein eingespiegeltes Display zeigt Entfernung zum Objekt, Höhe über Normalnull, Azimut usw. an. Die Elektro-Ferngläser sind auf Grund ihrer computergestützten Optik sehr flexible Instrumente.

**Elektro-Jabber**
Ein handliches Gerät, mit dem sich Elektroschocks verschiedener Intensität austeilen lassen. Der Elektro-Jabber wirkt nur bei Berührung und wird gern von Wachen und Folterknechten benutzt. Er ist auch als Elektro-Schocker oder Elektro-Pike bekannt.

**Ferbil**
Kleines Pelztier auf ➢ Kegan. Ferbils haben einen Schwanz, sind etwa handtellergroß und Pflanzenfresser.

**Galaktischer Kern**
Der Galaktische Kern bildet die Region der dicht bevölkerten Welten um den Galaktischen Tiefkern, in dem sich wiederum eine große Menge Antimaterie und ein schwarzes Loch befinden. ➢ Coruscant liegt im Galaktischen Kern.

**Galaktischer Senat**
Der Galaktische Senat tagt

in einem riesigen, amphitheaterähnlichen Gebäude auf ➢ Coruscant, wo tausende von Senatoren aus allen Welten der Galaktischen Republik den Sitzungen beiwohnen.

**Galaxis**
Eine Ballung von Milliarden von Sternen. Galaxien sind in Galaxienhaufen, diese wiederum in so genannten Superhaufen organisiert. Die Entfernungen zwischen den einzelnen Galaxien ist jedoch dermaßen groß, dass sie bislang nicht überwunden werden konnten.

**Garten-Ring**
In diesem ➢ Ring werden Zier- und Nutzpflanzen angebaut. Er dient für ➢ Kegan als Nahrungsquelle, aber auch als Erholungspark.

**Hologramm**
Ein bewegtes dreidimensionales Bild, das an einen anderen Ort zum Zweck der interaktiven audiovisuellen Kommunikation übertragen werden kann. Am Empfangsort erscheint das Hologramm als geisterhafte Projektion im Raum. Je nach Ausführung des Holo-Projektors kann das Hologramm in der Größe variieren.

**Hyperantrieb**
Der Hyperantrieb beschleunigt ein Raumschiff auf Überlichtgeschwindigkeit und damit in den ➢ Hyperraum.

**Hyperraum**
Der Hyperraum ist das physikalische Medium, in dem sich ein Raumschiff während eines überlichtschnellen Fluges aufhält.

**Intensiv-Lern-Ring**
Der Intensiv-Lern-Ring, dessen Lage niemand kennt, ist der Schrecken aller Schüler des ➢ Lern-Ringes. Schüler, die dauerhaft durch Ungehorsam auffallen, werden dorthin geschickt. Auf ➢ Kegan wird erzählt, dass noch nie jemand aus dem Intensiv-Lern-Ring zurückkehrte.

**Jedi-Meister**
Sie sind die ➢ Jedi-Ritter, die den höchsten Ausbildungsstand erreicht haben und selbst junge ➢ Jedi-Padawane ausbilden.

**Jedi-Padawan**
Ein junger Jedi-Anwärter, der von einem ➢ Jedi-Meister als dessen persönlicher Schüler angenommen wurde. Ein Jedi-Schüler, der bis zu seinem dreizehnten Geburtstag von keinem Jedi-Meister als Padawan angenommen wurde, kann nicht mehr zum ➢ Jedi-Ritter ausgebildet werden.

**Jedi-Ritter**
Die Hüter von Frieden und Gerechtigkeit in der ➢ Galaxis. Jedi-Ritter zeichnen sich durch eine besonders gute Beherrschung der ➢ Macht aus und haben sich vor Jahrtausenden zu einem Orden zusammengeschlossen.

**Jedi-Tempel**
Der riesige Jedi-Tempel ist Sitz des Rates der Jedi auf ➢ Coruscant. Hier werden auch die jungen Jedi-Schüler ausgebildet.

**Kegan**
Ein Planet am ➢ Äußeren Rand, der sich vollkommen vom Rest der ➢ Galaxis abschottet und den seit

dreißig Jahren kein Außenweltler mehr betreten hat. Auf Kegan herrscht ein Regierungssystem, das auf einer scheinbaren Gleichheit aller Bürger beruht, die zusammen das streng gehütete, so genannte Gemeinwohl bilden. Das System wurde von den beiden wohlwollenden Führern ➢ O-Vieve und ➢ V-Tan zum Schutz des Volkes eingeführt. Auf Kegan gibt es nur eine einzige Stadt mit demselben Namen. Sie ist in so genannte Ringe aufgeteilt: den ➢ Tech-Ring, den ➢ Wohn-Ring, den ➢ Kommunikations-Ring und so weiter. Etwas abgelegen gibt es den ➢ Lern-Ring, in dem die Kinder ausgebildet werden. Den Männernamen auf Kegan ist immer ein V vorangestellt, den Frauennamen ein O.

**Kommunikations-Ring**
In dem auch Komm-Ring genannten ➢ Ring wird für alle Kommunikationseinrichtungen von ➢ Kegan gearbeitet. Hier befindet sich auch der ➢ ZIP, der sämtliche ferngesteuerten Flugmaschinen auf Kegan überwacht.

**Konferenz-Ring**
Ein großes Kolosseum im Zentrum der anderen ➢ Ringe der Stadt, in dem Volksabstimmungen unter der Leitung der wohlwollenden Führer von ➢ Kegan stattfinden.

**Landgleiter**
Ein Repulsor-getriebenes Fahrzeug zur Fortbewegung über Land. Es gibt allerlei Ausführungen und Größen, die sich im Allgemeinen ca. 0,5 – 1 m über dem Boden schwebend und

recht schnell bewegen können. Kleine Landgleiter werden im Allgemeinen auch Schweber genannt.

**Lern-Ring**
Alle Kinder auf ➢ Kegan kommen spätestens im Alter von vier Jahren in den Lern-Ring. Dort werden sie bis zu ihrem sechzehnten Lebensjahr unterrichtet. Danach teilt man ihnen Arbeitsposten in einem ➢ Ring zu.

**Lichtschwert**
Die Waffe eines ➢ Jedi-Ritters. Die Klinge besteht aus purer Energie. Jedi-Ritter lernen im Laufe ihrer Ausbildung, diese Schwerter eigenhändig herzustellen. Es gibt verschiedene Versionen mit feststehender Amplitude und Klingenlänge sowie solche, bei denen sich diese Parameter mittels eines Drehschalters verändern lassen. Lichtschwerter werden bisweilen auch als Laserschwerter bezeichnet.

**Lufthüpfer**
Ein kleines Luftfahrzeug, das in manchen geschlossenen Ausführungen bis zu 1200 km/h schnell fliegen und bis zu 300 km hoch aufsteigen kann. Lufthüpfer werden meist für den Einmann-Transport oder zur Vergnügung benutzt.

**Macht**
Die Macht ist ein gleichermaßen mystisches wie natürliches Phänomen: ein Energiefeld, das die ➢ Galaxis durchdringt und alles miteinander verbindet. Die Macht wird von allen Lebewesen erzeugt. Wie alle Energieformen, kann die Macht manipuliert werden. Vor allem die ➢ Jedi-Ritter

beherrschen diese Kunst. Ein Jedi-Ritter, der die Macht beherrscht, hat besondere Fähigkeiten: Er kann beispielsweise entfernte Orte sehen oder Gegenstände und die Gedanken anderer bis zu einem gewissen Maß kontrollieren. Die Macht hat zwei Seiten: Die lichte Seite der Macht schenkt Frieden und innere Ruhe; die dunkle Seite der Macht erfüllt mit Furcht, Zorn und Aggression. Wer sich als Jedi diesen negativen Gefühlen allzu leicht hingibt, steht in Gefahr, der dunklen Seite der Macht zu verfallen.

## Med-Ring

Von diesem ➤ Ring aus wird die medizinische Versorgung von ➤ Kegan koordiniert. Der Med-Ring ist Krankenhaus und Forschungszentrum zugleich.

## O-Bin

Eine Lehrerin, die im ➤ Lern-Ring von ➤ Kegan arbeitet.

## O-Iris

Eine Schülerin im ➤ Lern-Ring von ➤ Kegan.

## O-Lana

Die einjährige Tochter von ➤ O-Melie und ➤ V-Nen, von der ihre Eltern annehmen, dass sie sensitiv für die ➤ Macht ist.

## O-Melie

Die Mutter von ➤ O-Lana. Sie und ihr Mann ➤ V-Nen ließen die ➤ Jedi-Ritter nach ➤ Kegan rufen, weil sie denken, dass ihre Tochter sensitiv für die ➤ Macht ist.

## O-Nena

Ein Mädchen auf ➤ Kegan, das irgendwann dem ➤ Intensiv-Lern-Ring zugeteilt wurde.

**O-Rina**
Eine Bewohnerin von ➤ Kegan, die von den wohlwollenden Führern des Planeten mit ➤ V-Haad als Führer der Gastfreundschaft zum Empfang der ➤ Jedi-Ritter auf Kegan abgesandt wird.

**O-Uni**
Ein Mädchen auf ➤ Kegan, das dem ➤ Intensiv-Lern-Ring zugeteilt wurde.

**O-Via**
Eine Freundin von ➤ O-Melie und ➤ V-Nen, die im ➤ Tier-Ring von ➤ Kegan arbeitet.

**O-Vieve**
Eine der beiden wohlwollenden Führer von ➤ Kegan. Wie ihr Partner ➤ V-Tan hat O-Vieve die Gabe, in die Zukunft sehen zu können.

**O-Yani**
Die Nachbarin von ➤ O-Melie und ➤ V-Nen, eine ältere Frau, die hin und wieder auf das Kind der beiden aufpasst.

**Obi-Wan Kenobi**
Obi-Wan ist ein dreizehnjähriger Junge, der von ➤ Qui-Gon Jinn nach langem Zögern als ➤ Jedi-Padawan angenommen wurde und sich dann dafür entschied, seine Jedi-Ausbildung aufzugeben und stattdessen auf einem zerstrittenen Planeten für den Frieden zu kämpfen. Am Ende dieses Kampfes bereute er seine Entscheidung und wollte wieder von Qui-Gon als Padawan aufgenommen werden. Nach einer Probe-

zeit, um die er den Jedi-Rat gebeten hatte, nahm ihn Qui-Gon wieder auf.

**Padawan**
➤ Jedi-Padawan.

**Ring**
Auf ➤ Kegan gibt es keine freistehenden Gebäude. Alle Bauwerke sind in größeren Einheiten, so genannten Ringen, zusammengefasst. Diese Gebäudekomplexe von bis zu mehreren Kilometern Durchmesser sind für spezielle Aktivitäten reserviert. So gibt es zum Beispiel einen ➤ Wohn-Ring, in dem alle Bürger wohnen, einen ➤ Tech-Ring, in dem alle technischen Arbeiten durchgeführt werden, einen ➤ Garten-Ring als Erholungsgebiet usw. Bis auf den ➤ Lern-Ring sind alle Ringe auf Kegan miteinander verbunden. Sie umschließen den ➤ Kommunikations-Ring.

**Ripe-Frucht**
Eine überall in der ➤ Galaxis verbreitete, essbare Frucht.

**Qui-Gon Jinn**
Qui-Gon ist ein erfahrener ➤ Jedi-Meister, der seine Fähigkeiten auf vielen Missionen unter Beweis gestellt hat. Nach langem Zögern hatte er ➤ Obi-Wan Kenobi als ➤ Jedi-Padawan angenommen. Obi-Wan entschied sich jedoch, den Weg der Jedi und damit Qui-Gon Jinn zu verlassen. Qui-Gon Jinn hat den Jungen nach längerem Zögern wieder angenommen.

**Quinto-Korn**
Eine Getreideart, die wegen ihrer leichten Kultivierbar-

keit überall in der ➤ Galaxis angebaut wird. Auf ➤ Kegan ist Quinto-Korn das Hauptnahrungsmittel.

**Repulsor**
Antriebssystem für Boden- und Raumfahrzeuge, das ein Kraftfeld erzeugt. Der hierbei entstehende Antischwerkraftschub ermöglicht die Fortbewegung von Boden-, Luftgleitern und Düsenschlitten. Sternjäger und Raumschiffe nutzen Repulsoren als zusätzliches Schubkraftsystem, etwa beim Andocken oder beim Flug in der Atmosphäre.

**Schockball**
Eine Freiluftsportart, bei der zwei Mannschaften versuchen, ihre Gegner mit Hilfe elektrisch geladener Bälle bewusstlos zu machen. Die Mannschaft, die am Ende des Spieles noch die meisten Mitspieler auf dem Feld hat, hat gewonnen.

**Scurry**
Ein junger ➤ Ferbil, den ➤ V-Davi unerlaubterweise als Haustier hält.

**Siri**
Eine sehr talentierte und strebsame Jedi-Schülerin. Obwohl sie erst elf Jahre alt ist, wurde sie von ➤ Adi Gallia bereits als ➤ Padawan angenommen. Sie ist in ihren Fähigkeiten gleichaltrigen Mitschülern weit voraus. Siri ist für ihr aufbrausendes Temperament bekannt.

**Stieg**
Eine sehr friedliebende Welt zwischen dem ➤ Galaktischen Kern und dem ➤ Äußeren Rand. Ihre Bewohner sind als sehr freundlich bekannt.

**Sucher-Droide**
Ein kleiner, einfacher, schwebender ➤ Droide, der auf bestimmte Aufgaben programmiert werden kann. Bei den Jedi werden die Sucher-Droiden oft für das Training mit dem Lichtschwert als fliegende Zielobjekte oder simulierte Angreifer benutzt.

**Tahl**
Eine ➤ Jedi-Ritterin, die für ihre diplomatischen Fähigkeiten bekannt ist und bei Kämpfen so schwer verwundet wurde, dass sie ihr Augenlicht verlor.

**Tech-Kuppel**
Bezeichnung für Bauwerke, in denen technische Einrichtungen untergebracht sind. Die meisten Tech-Kuppeln gehören zu anderen Gebäuden und beherbergen deren Klimaanlagen usw.

**Tech-Ring**
Der ➤ Ring, in dem alle technischen Arbeiten auf ➤ Kegan durchgeführt werden. Der Tech-Ring ist unter anderem auf die Instandhaltung alter Maschinen spezialisiert.

**Tier-Ring**
In diesem ➤ Ring werden die Tiere auf ➤ Kegan gehalten. Der Tier-Ring dient gleichermaßen als Nahrungsquelle und als Zoo.

**Toli-X**
Ein tödlich mutiertes Virus, das vor Jahren auf Asteroidenbruchstücken von Planet zu Planet gelangte und viele Todesopfer forderte, bis ein Impfstoff dagegen entwickelt wurde.

**V-Brose**
Ein Wärter im ➤ Lern-Ring von ➤ Kegan.

**V-Davi**
Ein neun Jahre alter Junge auf ➢ Kegan, der seine Eltern bei einer Virusepidemie verloren hat und seitdem im ➢ Lern-Ring auf Kegan lebt. Er liebt Tiere.

**V-Haad**
Ein Bürger von ➢ Kegan, der von den wohlwollenden Führern des Planeten mit ➢ O-Rina als Führer der Gastfreundschaft zum Empfang der Jedi auf Kegan abgesandt wurde.

**V-Ido**
Ein Schüler im ➢ Lern-Ring von ➢ Kegan.

**V-Mina**
Ein Schüler im ➢ Lern-Ring von ➢ Kegan.

**V-Nen**
Der Vater von ➢ O-Lana. Er und seine Frau ➢ O-Melie ließen die Jedi nach ➢ Kegan rufen, weil sie denken, dass ihre Tochter sensitiv für die ➢ Macht ist.

**V-Onin**
Der Enkel von ➢ O-Yani, der vor sechs Jahren in den ➢ Intensiv-Lern-Ring von ➢ Kegan geschickt wurde und seitdem verschwunden ist.

**V-Tan**
Einer der beiden wohlwollenden Führer von ➢ Kegan. Wie seine Partnerin ➢ O-Vieve hat V-Tan die Gabe, in die Zukunft sehen zu können.

**V-Tarz**
Ein Wärter im ➢ Lern-Ring von ➢ Kegan. V-Tarz überfällt hin und wieder der Hunger, was ihn jedes Mal dazu treibt, nachts die Küche zu plündern.

**V-Taun**
Ein Schüler im ➤ Lern-Ring von ➤ Kegan.

**Wali**
Ein ➤ Ferbil, den sich ➤ V-Davi in Gefangenschaft als verstecktes Haustier hält.

**Wohn-Ring**
Der ➤ Ring, in dem alle Bürger von ➤ Kegan leben. Der Wohn-Ring besteht aus kleinen miteinander verbundenen Kuppelgebäuden, eines für jede Familie.

**Yoda**
Ein über 800 Jahre altes Mitglied des Rates der Jedi. Yoda kommt vom Planeten Dagobah, ist nur 70 cm groß, hat Schlitzohren und gilt als besonders weise.

**ZIP, Zentraler Instruktions-Prozessor**
Eine Recheneinheit, die von einer zentralen Stelle im ➤ Kommunikations-Ring von ➤ Kegan aus die Kontrolle über verstreut liegende technische Einrichtungen, Maschinen, unbemannte Raumfahrzeuge oder Himmelshüpfer hat.

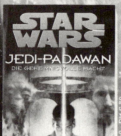

Neue, aufregende Abenteuer führen den jungen Obi-Wan Kenobi wieder in weit entfernte Galaxien...

ISBN 3-89748-205-3 · DM 9,90

Als Obi-Wan Kenobi auf Melida/Daan zwei Teenager trifft, die gegen die Rächer der Toten kämpfen, ergreift er deren Partei. Qui-Gon Jinn und er stehen nun auf unterschiedlichen Seiten.

Obi-Wan Kenobi und Qui-Gon Jinn werden in einen erbitterten Kampf um Macht und königliche Herrschaft verwickelt. Ihre Mission ist, den wahren Erben der Krone zu finden.

ISBN 3-89748-204-5 · DM 9,90

Obi-Wan ist kein Jedi mehr. Er fühlt sich seinen Freunden, den Anführern der Revolution, verbunden. Doch aus Freunden werden bald Feinde und Obi-Wans Weg scheint immer ungewisser.

ISBN 3-89748-206-1 · DM 9,90

## JETZT ÜBERALL, WO'S BÜCHER GIBT

**LESEPROBEN:**
im Internet unter DinoAG.de

**BESTELLSERVICE:**
über das Internet (DinoAG.de)
oder beim Dino Leserservice,
Postfach 12 55, D-79420 Heitersheim
(jeder Band DM 9,90
zzgl. Versandkosten)

© 1999 Lucasfilm Ltd. & ™
All rights reserved. Used under authorization.

# Die neuen Abenteuer der Wächter der Macht!

# STAR WARS

## JEDI-PADAWAN

**Band 11:**
ISBN 3-89748-373-4

**Band 12:**
ISBN 3-89748-374-2

**Demnächst im Handel!**

© 2000 Lucasfilm Ltd. & ™.
All rights reserved. Used under authorization.